外婆的遗忘清单

〔英〕S.E. 杜兰特 / 著　指天星 / 绘　周悟拿 / 译

GUANGXI NORMAL UNIVERSITY PRESS
广西师范大学出版社
·桂林·

外婆的遗忘清单
Waipo De Yiwang Qingdan

出版统筹：伍丽云
质量总监：孙才真
责任编辑：郭　静
责任美编：潘丽芬
责任技编：马其键

著作权合同登记号桂图登字：20-2024-047

图书在版编目（CIP）数据

外婆的遗忘清单 / （英）S.E.杜兰特著；指天星绘；周悟拿译. -- 桂林：广西师范大学出版社，2024. 8.
（魔法象）. -- ISBN 978-7-5598-7095-7

I. I561.84

中国国家版本馆 CIP 数据核字第 2024LV0786 号

广西师范大学出版社出版发行
（广西桂林市五里店路 9 号　邮政编码：541004
网址：http://www.bbtpress.com）
出版人：黄轩庄
全国新华书店经销
唐山富达印务有限公司印刷
（唐山市芦台经济开发区农业总公司三社区　邮政编码：301501）
开本：880 mm × 1 240 mm　1/32
印张：9.375　　字数：90 千
2024 年 8 月第 1 版　　2024 年 8 月第 1 次印刷
定价：34.80 元

谨以此书献给
我一路遇到的老师和孩子

CHAPTER 01

◎失踪的女孩

那个失踪的女孩长得像我。虽然她才两岁，而我快十一岁了。我们有着同样的卷发，牙齿上都有缺口，而且，她可能还和我有着一样的红色头发，但这在黑白照片中很难看出来，你只能全凭猜测（我猜那是红色头发）。照片边缘已经卷了起来，像是曾经被人放在口袋里随身携带过。照片里的女孩身着一件短袖连衣裙，衣领是白色的。她站在布莱顿[1]海滩的石块上，背后是西码头（那座已被烧毁的码头）。

她可能是在微笑，但她也眯着眼睛，好像阳光直射到了眼睛里，也有可能是睫毛飞了进去。我还真说不准，我所知道的是，她站在沙滩上，脚边放着一个水桶，手里拿着一支冰激凌，姿态和我很相似。至于时间是一天中的什么时候也已经不得而知。也许，在照片的画面之外还有只海鸥正在盘

[1] 布莱顿是位于英格兰南部的海滨城镇，距离伦敦76千米。——译者注（本书注释如无特殊说明，均为译者注）

旋，准备俯冲下去偷袭她的冰激凌。也许，她会让冰激凌沿着手腕滴下来，因为她本来就不喜欢吃，她只是拿着冰激凌摆拍而已。又或者，这已经是她吃过的冰激凌里味道最好的一支。

米米从一盒旧照片中挑出了这张，把它摆放在壁炉架上手链的旁边。米米称她为“失踪的女孩”。

如果我们打开窗户，或有人走进门来，这张照片就会时不时地飘落到地毯上。

照片背面写着：科拉尔。

◎一些坏事，一些好事

我叫艾瑞丝，我外婆的名字是米米。我就是这样叫她的，全家人都这样叫她。我知道可能有人会觉得这样叫很奇怪，但对我、对妈妈甚至两岁的双胞胎来说，我们早就习以为常啦。我已经和米米一起住了五个星期。如果可以的话，我真愿意永远留在这里。妈妈以前的卧室现在是完完全全属于我的，而且不像我自己家里的卧室那样，墙壁上爬满了潮湿的黑色霉菌，房间角落也没有渗水。虽然房间里摆满了米米的东西，但我一点儿也不介意。

此外，还有这些好事：

屋顶上住着一只海鸥。

爸爸看到我卧室里的霉斑时，总会焦虑地挠头。现在我不必看到这个画面了。

当双胞胎把暖气片从墙上拉下来，当他们认为自己从厨房桌子上跳下来时就能起飞（是的，这都是他们做过的事），我再也不用目睹这些，然后听到自己怦怦的心跳声。

而且，我也不用再看到妈妈上班快迟到时跑出门，嘴里还吃着一片吐司，也不用整天担心她会在去医院的路上噎着自己（她是医生），更不用担心没有人在她身边马上采用海姆立克急救法。（你想知道这是什么意思吗？就是当有人窒息时，你会采用的那种急救法。有一次，双胞胎之一想要吞下圣诞节的小小装饰品，我就是在那次学会了这种手法。）

虽然米米的房子离我家不远，但在这儿的生活和我住在家里时简直有天壤之别。不论我们是想吃东西还是想聊天，都可以随心所欲，而且我们会认真听彼此说话。我们会一起烤蛋糕，也可以把房间弄得乱糟糟。我们还会坐在沙发上，翻看数不胜数的老照片，那都是米米以前做摄影师时拍摄的。我们走上十分钟就能到海边。这些对我来说都是好事。

也有一些不太好的事情：淋浴的水很冷，我不一定每天都能吃到早餐，家里总有东西找不到。但基本上也就这些了！好事总比坏事多。

◎米米的海鸥

我们的那只海鸥总会连续叫上十二声：基亚、基亚、基亚、基亚、基亚、基亚、基亚、基亚、基亚、基亚、基亚、基亚——然后她才会喘口气。我们把这只海鸥称作“她”，但其实你不能真正判断出海鸥的性别，除非它们下蛋。而我到现在还没有见过海鸥蛋，反正今年是一无所获。她是我的新朋友，一位来自动物界的朋友。

我能通过心电感应来和我们的海鸥对话。我确信她能听懂。我想她是想要告诉我，我在满十二岁时就能过上事事如意的生活。

我一直想知道，其他海鸥是不是也会每次都发出一样次数的鸣叫？但我后来注意到它们并不会这样，我们的这只海鸥是很特别的。马路的另一边住着李和丹尼，他们屋顶上的那只海鸥会叫八次、十次或十六次（都是偶数）。这可能有什么特别的意味吧——只是我不知道罢了。但话又说回来，可能世界上还有很多习惯迥异的海鸥，而我只认识我们这一只。如果你想知道我为什么能认出来，我只能说我是从她歪头的样子看出不同的，还有她的眼神。

至于海滩上的那些海鸥，它们发出的鸣叫次数总是不一样。有一次，两只海鸥围着一家吃薯片的人，它们一共叫了一百三十八次。（没错，真是这样！）这是我听过的次数最多的一次，可能已经创下了某种纪录。

◎高空蹦极

我坐在米米那个小小后花园的台阶上看着海鸥，她也从棚顶上注视着我。这时传来一个声音："你有试过蹦极吗？"

是一个男孩，他正从树篱顶上偷偷看我。

"试过没？试过没？"他问。

我摇了摇头。

“等我到了年龄，我就要去试一次，”他说，“这是我给自己设立的一项挑战。”

我移开了视线，他却还在滔滔不绝地说着。

“我还以为只有一个老女人住在那里呢。”他说。

我开始咬牙切齿了。我本以为不回应他，也许他就会闭嘴，但他并没有。

“我以前以为这里只住了一个疯疯癫癫的老女人，在那儿跟月亮对话。”

“她才没疯呢！”我说，“而且她才不是什么老女人。她是我外婆，如果你想知道的话，她的名字叫米米。还有，我也住在这儿。”

“行吧，”他说，“我现在要钻过来了。”

他消失在我的视线中，然后有根棍子从树篱底部的缝隙中探了出来，紧接着出来的是两只手。然后是一头黑色卷发，头发里还夹着树叶，还有一副从鼻梁上滑下来的眼镜。最后探出的是他的脸，脸上已经脏得一团糟，他却还是一副全神贯注的表情。他站起身来摇晃了几下，把身上沾到的东西抖搂下来。

“我们是一个班的。”他说，“咱俩是同学，我叫梅森。”

我知道他是梅森，就是那个两周前才来上学的男孩。他趁夏尔玛老师不注意，就把纸飞机飞到了教室另一头。他讲的笑话根本不能引人发笑，他总是形单影只地走出学校。

现在我才发现，他是我的邻居。

◎梅森

梅森好像都不打算回家了，他一直在用棍子戳来戳去，嘴里念叨个不停，说着他妈妈的驾校课、他收集弹珠的爱好、他的新房间。海鸥都百无聊赖地飞到烟囱上去了。如果我有翅膀，我也迫不及待想飞去那里。

最后我说："我现在要回屋了。"

说完我就进去了。其实还挺没礼貌的。我从厨房的窗户往外看，梅森等了几分钟，然后从树篱那里原路返回了。他一走，海鸥就飞回棚里开始尖叫起来，一共叫了十二次。

现在我对梅森已经有了如下了解：

他刚和妈妈搬到隔壁。他的妈妈是一家大公司的会计，因此她总是、一直、从早到晚在工作，不论是在办公室还是在家（这是梅森的原话）。他的妈妈处理数字很有两把刷子（也是梅森的原话）。他说，你可以随便给她个什么数字，她能很快地进行心算。他觉得他妈妈能力超强。

他的卧室在我房间的隔壁，我们两栋房子是连起来的。我们房间的窗户都对着小小的后花园，外面也是同一片天台。他说，如果愿意的话，我们可以时常在天台上见面。（我才不想呢。）

他根本没法安安静静地待着，哪怕一分钟都不行。

他每周都会去跳蚤市场搜罗弹珠（他的第一颗弹珠是他爷爷送的）。

他爷爷现在已经很老了。梅森说，他爷爷现在连弹珠都数不清了。[1]（他觉得这真的很好笑，还解释说这里指的不是真的弹珠。我想我已经听懂了。）

他希望我俩可以一起走路去学校，一起逛集市，一起做很多事情。（我什么也不想和他一起做。）

在他眼里，米米的花园和他家的花园就是同一个，只不过中间有一道树篱罢了。

这意味着，他认为这都是属于他家的花园。

◎我和海鸥

“你有新朋友了吗？”米米说。

“没有。”

“哦，那太可惜了，”她说，“我刚刚看到你和那个男孩在

---

[1] 原文中“losing marbles”的字面意思是“失去弹珠”，在英文语境中也有“失去理智”的意思，是个双关语。

说话。”

我耸了耸肩。

“我也不想说得太唐突。”她说，“但是，你可以交朋友呀。”

“这已经挺唐突啦，”我说，“不管怎样，你就是我的朋友。你和海鸥都是。”

她伸出双臂搂着我。她身上散发着紫色肥皂的特别味道。

“你这话很贴心，”她说，“但是，难道你不想和同龄人一起玩吗？或者说，其他同龄的物种？”

她哈哈大笑。

“哈哈，”我说，“我并不想。”

“好吧，那我们可真是很幸运能做你的朋友！”她说，“我和海鸥。”

然后，她把手指伸到我的肋骨那里挠我痒痒。所以，即使我生气了，也不会持续太长时间。

◎米米的趣事

我爸爸说，米米就像通了电的电线[1]，精力总是特别充沛。他说这话时，我妈妈翻了个白眼，因为米米是她的妈

[1] 原文为“live wire”，指精力充沛又难以捉摸的人。

妈，也许在一根电线的陪伴下长大并不是什么好玩的事情。一根通电的电线里面肯定满是电流，到处蹦蹦跳跳，你一不小心就会遭到可怕的电击。但爸爸并不介意这些。在照顾双胞胎之余，他还会做一些电工的工作。他处理起电线总是得心应手。我也不介意，因为米米的这个特点会让生活变得乐趣多多。

除此之外，米米还有以下特点：

她体形小巧。

她很瘦。

她的牙齿上有缺口，和我一样（还有科拉尔）。

她有一头长长的白发——她还没变老的时候，头发本来是棕色。（我和妈妈遗传到的都是红色头发。）

她喜欢有图案的披巾，而且会把披巾戴在头发上或是披在肩上。

她有戴耳饰的习惯——有时戴会晃动的耳坠，有时戴亮闪闪的耳钉。

她喜欢穿颜色亮丽的、有图案的连衣裙。

她夏天总是穿黄色凉鞋，冬天则是红色短靴，在室内会穿粉色拖鞋。

她所在之处总是乱糟糟的。用妈妈的话来说，就是颠三倒四、乱七八糟。米米的东西总是堆得到处都是，她很喜欢这样。（其实我也喜欢这样。）

她会在各处系上丝带——厨房抽屉、储物篮、她的围裙、她的泳衣、她的手指。

她动起来就像鸟一样——总是速度很快，带着一种即将起飞的姿态。如果她有翅膀，我想她可能永远都不想回到地面上来。

她喜欢时不时地跳一小段舞。在厨房里，在客厅里，在大街上。（没错，这挺尴尬的。）

她的面部表情通常很明媚——她微笑时嘴唇和眉毛都是上扬的。但如果她变得低落，表情又会特别沮丧，让她看起来像是百岁老人一样。

她喜欢在海里游泳。在她还是小女孩的时候，她就开始这样游泳了。

她有点儿健忘。

她喜欢大笑。

她最视作珍宝的东西是一直放在壁炉架上的那条手链。那是她父亲给她做的。他把手链邮寄回了布莱顿，那时候米米才四岁，后来他就在战争中去世了。米米说这条手链其实一文不值，却又胜过了世上的一切。手链上有五颗红色木珠、三颗金属珠和一个绿色金属小哨子，它们全都被串在一根绳子上，你可以通过绳上的带结来系紧手链。

哦，还有一件关于米米的事情：她想在离开这个世界之前整理自己所有的照片。

我说："你不会很快就死的，对吧？"

她回答说："我当然不想啦，如果我说了算的话。"

CHAPTER 02

◎一定、确定，以及肯定

在我们家，只有我不喜欢下海游泳。连双胞胎都喜欢呢。他们总会有大大的毛巾和很多零食，而且他们如果感冒了，大家都会表现得大惊小怪。但我真是一点儿都不喜欢下海游泳。我尤其讨厌那种脚不能着地的感觉，因为我不知道底下会藏着什么。

小时候，我告诉爸爸海里有一个怪物。我以前总是对他无话不谈。他说，真没什么可担心的，他一定、确定，以及肯定。他的原话确实就是这样——一定、确定，以及肯定。他说，在布莱顿人们可能会看到鲭鱼和海鸥，甚至还有可能看到海豹，但他从未见过鲨鱼，也没听别人说起过。

从那以后，每次我们下海后，他都会伸出手来托住我，如影随形地跟着我。他还会把我举到肩膀上，这样鲨鱼就抓不到我了。但说实话，我也不是百分百确定海里有鲨鱼。我只是觉得水底下肯定藏着什么东西，伺机想要抓住我。虽然我现在已经是大孩子了，我还是对此深信不疑。因为，谁能一定、确定，以及肯定地说，水底下真的什么也没有？

◎果酱配炒蛋

米米手指上系着一条蓝色丝带，头发用一条花头巾挽着。她正要把一匙草莓酱往我的炒鸡蛋上放，而我正准备阻止她，这时，梅森的身影出现在花园里。他看到我们时便呆住了。他当时的模样就像爸爸所说的“被车头灯照到的兔子”——双胞胎在床底下吃一桶冰激凌被抓了个正着时，也是这样一副模样。

我朝米米晃了晃番茄酱，但为时已晚。只听“噗”的一声，她已经把果酱倒在我的鸡蛋上，然后打开了厨房门。梅森想保持完全静止来达到隐身效果，但他穿着一件红色的大号羊毛套头衫，眼镜也已经歪了。他太显眼了，静止策略没有奏效。

“欢迎啊！”米米说，“进来一起吃早饭吧。”

我看得出梅森并不想进来，但他还没反应过来就已经在厨房的桌子旁坐下了。米米从他的头发里摘下了四片树篱上的叶子，然后把叶子排成一行放在桌子上。梅森把叶子捡起来，放进了口袋。

“谢谢。”他咕哝着。

我对米米使了个眼色（意思是不要让他留下来），但她不予理会。

“很高兴见到你。”她说，“我叫米米。你要来点炒鸡蛋吗？”

梅森摇摇头。

米米的头巾正从头发上慢慢滑落，她的眼镜也开始从鼻梁上往下滑。她看起来一点儿也不放松。

“那要不要来点果汁？”她说。

梅森耸了耸肩，米米就给他倒了些果汁。

“所以，”她说，“你的名字是……”

“梅森。”梅森回答。

对话就此结束。米米慢悠悠地吃起了烤面包和果酱，我把鸡蛋和果酱推到餐盘边。梅森用手指轻敲着桌子，喝了很多果汁，连续喝了二十多口吧，都不带喘气儿的。他的双眼一直在房间里搜寻着什么，目光从旧锅碗瓢盆转移到满是灰尘的鸡蛋杯，又看向厨房抽屉上系着的丝带，还有那些马克杯，上面印着“海滩上的生活更美好”“好事接踵而来”之类的话。

米米吃完吐司后说：“梅森，你想不想和我们一起去海滩？

我们要去游泳。”

梅森露出惊讶的表情：“今天吗？”

米米点头：“这可是件振奋人心的事，你整个人都会瞬间变得活跃起来。”

我想着，梅森活跃起来肯定会很烦人，好在他对这个提议表现得兴致不高。

他说：“不用了，谢谢。我觉得有点儿冷。”

米米上楼时，他低声问：“你的鸡蛋上是抹着果酱吗？”

“是啊。”我说，“怎么了？”

“没什么。”他说。

“其实还挺好吃的。”我说。

“可你吃得很慢呀。”他说。

然后他把果汁一饮而尽，滑下餐椅，一路飞奔回花园里。他走后，我把剩余的鸡蛋和果酱（还剩了大部分）都倒进了垃圾桶里。

◎游泳

米米在前门等着，手里提着一个老式篮子——过去人们常用来摘苹果的那种。篮子的把手上系着一条蓝色丝带，和她手指上的那条一样。篮子顶上还放着两条叠好的毛巾。

“我们出发吧，艾瑞丝。”她说。

她脚蹬一双运动鞋，身穿一条绿色针织连衣裙，上面有玫瑰花的图案，裙子上套着一件宽松的紫色针织套头衫，袖口的羊毛已经有些脱线。她还戴着一顶绿色帽子和一副银色耳环。她正跳着一小段踢踏舞。我穿着羊毛衫、T 恤和牛仔裤，走得很慢。我暗暗希冀着，只要我的脚步够慢，也许米米就会改变主意。

我一出门就开始浑身发抖。天空一片湛蓝，飘浮着几朵白云。阳光明媚，但又真的很冷。这会是我今年最后一次下海游泳，绝对是，百分之百是。

我们沿着米米喜欢的小路走着，她转向那条通往跳蚤市场的小路。

“我们不是要去海边吗？”我说。

“是去海边啊。”她一面说着，一面继续走着。

“那就该走另一条路呢。”我说完后，轻轻拍了一下她的肩膀。

她犹豫了片刻，然后大笑起来，说：“确实是啊。”

她转过身来。我们朝回走时，李出现在马路对面，他是米米的邻居。他站在自家的前院里，大声喊道：“今天早上天气可真好！”

我们挥了挥手。

海鸥在房顶鸣叫起来，一共十二次。米米又跳了一小支舞（因为李已经进屋去了）。我也跳了一支。不要问我为什么，就是想跳而已。

◎手链

公路顺着海岸线延伸，路上的汽车川流不息。我们走到红绿灯那儿时，米米抓住了我的手，好像她必须拉住我一样（她其实没必要这么做）。我已经和她差不多高了，但我也不介意被她牵着，因为这让我回忆起小时候的时光。我感觉她的手冰冰凉，瘦得指节分明。我们的肩膀轻轻地触碰在一起。她的手腕上，有什么在叮当作响。

“你戴着手链呀。”我说。

“是的，我之前忽然有点儿想戴。”她说。

所以她在家时把手链从壁炉台上取下来，系在了手腕上。

“因为现在是个特别的场合吗？”我说。

“我想是呀。”她说。

然后，她露出一个微笑：“和你在一起的每个时刻，都是特别的。”

◎沙滩

风从海上吹来，我的衣服里也灌满了风，骨头感到一阵刺痛。有个女人双手插在口袋里，竖着衣领，沿着海滩匆匆走过。两只狗围着她呜呜地叫着。根本看不到有人在游泳。现在实在太冷了，任何心智正常、理智尚存的人都会这样认为吧。有个男人拿着一块写着“炸鱼薯条”的招牌从一间咖啡馆里走出来，然后停下脚步，凝望着大海。两个男孩分别推着货架来到长廊，架子上放着明信片、磁铁、水桶和铁锹。一位女士身穿运动裤和套头衫，正在布置条纹图案的躺椅。海鸥俯冲飞下，在垃圾箱周围争抢着什么。

米米向那个布置躺椅的女士挥手致意，女士也大声回应：“早上好！”

海面是一片波光粼粼的蓝色，堪称完美。风力发电田看起来像一排正在旋转的火柴，沿着地平线向远方延伸。白色的泡沫轻轻拍打着沙滩。如果你只是用双眼注视此情此景（就像你看着明信片那样），而没有真正身临其境，你可能会认为现在正值盛夏，可实际上已是十月。

我们坐在离海岸很近的地方。两只海鸥在我们头顶上盘旋，希望我们能拿些食物来投喂它们。（但我们没有食物。）突然之间，米米陷入了忧愁。

“我不应该把这个带来的。”她说。

“什么？”

“我的手链。”她说，“如果弄丢了怎么办？”

“不会弄丢的。”我说，“我会把它放在我的袜子里。”

她抬头看着海鸥，仿佛在担心它们会俯冲下来，叼走手链，然后带着手链漂洋过海，一直飞到海那边的法国。

“真的没事的。”我说，“我会把手链藏好的。”

她看起来还是一副不放心的样子。

我们脱掉衣服，穿上人字拖和泳衣，肩膀上围着毛巾，瑟瑟发抖地坐着。米米泳衣上的蓝色丝带在风中飘动着。我拿着她的手链，放进了我的一只袜子里，然后把袜子放在了篮子底部。

米米突然跳了起来，把护目镜从额头上方拉下来戴好，以一种蹒跚的姿态从碎石子海滩上走过。她故意这样走着，因为觉得这很好玩。我五岁的时候也觉得很好玩，现在就有点儿尴尬了。

“来吧！”她喊道。

她踢掉人字拖，慢慢走入海水中，然后俯下身，仿佛她是要跳进一个温暖的浴缸一般。我真是搞不懂她。我甚至不明白为什么一个瘦弱的老奶奶可以跳进冰冷刺骨的水里，不仅不会冻成冰块，反而还能像一块浮木一样漂在水面上。还

有，我尤其不明白她怎么能微笑着完成这一切。但她的确做到了。她看起来就像身处一碗温暖宜人的热巧克力里，正在玩泼水的游戏，仿佛她正身处全世界最舒适的地方。

“来吧，艾瑞丝！”她喊道，“你只要先下水，然后就没问题了。”

我跟着她走到岸边，踢掉我的人字拖，踮着脚走进海里。当水漫到我的腰部时，我深吸一口气，然后一头扎进水中。水流进了我的鼻子，又流到了喉咙里。我没法大声尖叫出来，但我其实仍在心底发出尖叫。

“继续前进！”米米喊道，“你会感觉暖和起来的。”

她在笑。“你就是水做的，”她喊道，“你是属于大海的！”

（我可不这样觉得。）

我向她游过去，浑身颤抖。海里实在太冷，冷得甚至让我感觉有点儿痛。这一刻，唯一让我欣慰的就是，我仍在米米身边。其他一切都很可怕——我很冷，大海又如此广袤无边，而且我感觉大海变得越发深邃，我却看不到脚下有什么。

我们在靠近海岸的地方一起游了一会儿。我紧跟着米米，就怕水底下还藏匿着什么。但过了一会儿，我就不再考虑海怪的问题了，也不在乎我的脚能不能触到地面。一段时间后，情况的确好转了。我不能说我百分百感觉暖和起来了，我可能只是习惯了寒冷而已。但是，我脑海中忽然只剩下和米米并肩游泳这件事，我们的手臂都在跟随节奏划水，在身边激荡出一圈圈白色泡沫。

◎机坪管制

米米在海里停留的时间比我长得多。当我玩够了（比如三分钟后），我就游回岸边，穿上人字拖，跑回我们放篮子的地方。冷水滴滴答答落在我的脖子上，我的牙齿冷得打战。我都不确定我以前有没有体验过这种程度的寒冷。我用最快的速度穿好衣服，把米米的手链系在手腕上，把脚塞进袜子里，然后穿上鞋子。

沙滩上的人逐渐多了起来。有个小孩戴着尖尖的小精灵帽子，正追逐着一只海鸥。她的爸爸紧跟其后，确保她不会往海里跑。他看起来很高兴，然后下一秒又很紧张，紧接着又高兴起来。有一家人坐在碎石子海滩上，手里端着纸杯喝咖啡。有些海鸥贴着海面飞行，不时轻点一下海水；有些在人们头顶上绕圈飞行。帆布躺椅上都没有人。

远处米米的身影变得越来越小，在满眼蓝色的映衬下，更是显得格外渺小。她每次都朝同一个方向——朝着皇宫码头[1]的方向游去，游泳路线与海滩平行。当她游到某个节点时，就转身往回游。

可以说，游泳是米米坚持了一辈子的运动。我之所以知道，是因为我见过照片。有一张是她小时候拍摄的黑白照片，她在布莱顿海滩上，肩膀上围着一条毛巾，牙齿稀疏，笑得很开心。还有她年轻时与我外公（他在双胞胎出生前就去世了）的彩色照片，两人都笑容满面。外公留着滑稽的小胡子，而照片上的米米总是没对上焦，很模糊。还有一些照片是妈妈小时候和米米在海滩上拍的。妈妈一头红发，和我一样，她总是静静地站着。而米米还是不在焦点上，因为她从来没有哪个时刻可以保持静止不动。

我看着米米回头朝我的方向游来，越来越靠近岸边。当海水漫到腰那儿时，她站起来蹚着水从海里走出来，从碎石子海滩上走过，穿上人字拖。然后她又站了一会儿，好像是在等待什么。我喊了一声，但她没有听到，于是我跳了起来，高高举起手臂。我看起来就像一个机坪管制员，在告诉飞机驾驶员应该在哪里降落。她终于看到了我，挥了挥手，向我走来。

---

[1] 皇宫码头（Palace Pier）又称布莱顿码头（Brighton Pier），是位于英格兰南部城市布莱顿的一座休闲码头建筑，开业于1899年。布莱顿码头的正式名称曾是皇宫码头，在2000年改为布莱顿码头。2016年7月，布莱顿码头的所有者宣布将把布莱顿码头改名为布莱顿皇宫码头。这里经常在电影作品里出现。

“这次游得真开心。”她说，“感觉棒极了！”

她太冷了，她的笑容看起来都像在颤抖。海水从她的泳衣丝带上滴落到手指上。她摘下护目镜，擦干身体，换好衣服。我把手链系到她的手腕上，然后看到其中一个红色珠子上刻着字母：MB。

“这是你的名字吗？”我问。

“是的。”米米说，“米米・巴特沃斯（Mimi Butterworth）。这就是我的名字。”

然后她伸出手臂搂住我，把我紧紧抱住。

CHAPTER 03

◎戏水池

我们还没看到双胞胎的身影，就已经听到了他们的声音。我们本来是约在戏水池附近见面的。诺亚站在那里，双脚分开得很宽，好像脚已经粘在地上一样。他的双臂抱在胸前，摆出一种愤怒的姿态。

他大喊着：“别过来！别过来！”

珀尔向我们跑来，她的嘴巴大大张开，发出尖叫，仿佛她刚刚吞下了一只海鸥，而海鸥挣扎着想要从她嘴里飞出来。妈妈的嘴看起来像一条平平的短线，她两眼之间还有一条这样的线，不过那条纹路是向上的，不是横着的。爸爸抱起诺亚，向我跑来。

“艾瑞丝！”他说。

他拥抱了我，然后又拥抱了米米。

“见到你真高兴。一切都好吗？”

“很好。”我说。

珀尔尖叫起来，直到我跟她玩了举高高游戏，她才暂时停止尖叫。然后，她深吸了一口气，叫得更厉害了。我感觉耳膜被震得生疼。

“这声音简直太可怕了。”我说。

她把鼻子埋进我的脖子里。鼻头冰凉，还有鼻涕。

“你看起来很冷，亲爱的。”妈妈说。我还没反应过来，她就已经脱下她的外套，裹到了我和珀尔的身上。

这很尴尬。我把外套拉了下来。

“别感冒了，”她说，“你脸都要冻得发青了。”

“我喜欢发青的颜色，”我说，“我最喜欢的颜色就是蓝色。”

“房间的除霉工作进展如何？”米米问。

“进展缓慢。”爸爸又开始了。

我不想再听下去了。回到那幢房子里会怎样，局面会有多混乱，我甚至都不愿意去细想。我把珀尔放下来，让她和我比赛。

我说：“来吧，我来跟你赛跑！”

诺亚从爸爸的怀里爬下来，我们三个人奔跑着，从碎石子海滩上穿过。

◎不会太想家吧?

米米和双胞胎在戏水池里玩耍。如果不看她和双胞胎的外表，只看他们的动作应该很难分辨出谁的年龄最小。米米假装自己要掉下去了，而且她看起来是真的会掉下去的样子。珀尔跳上跳下，诺亚看起来就像是站在波涛汹涌的大海边缘，仿佛即将被海水吞没。其实水深大约只有十五厘米。

我和爸爸妈妈靠在栅栏上，看着他们。

“现在只有我们三个人，这感觉很好，对不对？”妈妈说，“就像以前那样。”

她吻了一下我的头顶。

是的，这样感觉很好。

“那么，”爸爸说，“你不会太想家吧？”

“我挺好的。”我说。

他说：“如果你有问题就打电话，好不好？”

“其实，”我说，“淋浴的水没法正常加热，你能修好吗？米米不介意水温，但我觉得很要紧。她从来不会觉得冷。”

“好的。”爸爸说，“还有什么事吗？”

“还有，我需要一个新手机。”我说，“我现在这个手机不怎么好用了。都没有存储空间了。”

“不过，你还是可以用这个手机打电话，是不是？”爸爸说，“而且米米还有一部座机。”

“是的，但那座机又做不了别的任何事。”

“你才十岁呢。”妈妈说，“你为什么需要手机？还是生活在现实世界里吧，或者就做些白日梦也行。”

（这真是让人听了就烦躁。我总觉得，妈妈这辈子都没做过白日梦。）

“等你上初中吧。”爸爸说，“到那时候，你会拥有一个新手机。”

我正准备反驳爸妈的话，就在这时，珀尔绊倒了，脸朝下掉进了水里。她穿的连体衣像气球一样鼓了起来，全身已经湿得不能再湿。她还不如继续在水底打个滚儿，让身上最后的几个小角落也完全浸湿。

爸爸跳了起来。妈妈翻了个白眼。珀尔迟疑了一下，然后开始尖叫。

我和爸妈的谈话就这样结束了。

◎别人的家人

珀尔的衣服终于干了，她被裹在了妈妈的大衣里。诺亚这时却觉得很冷，想回家了。妈妈看起来也很冷，她皮肤的颜色现在变成了我最喜欢的颜色。我们沿着海滩走了一段路，然后就和他们挥手告别了。

看着他们离开时，我把他们想象成别人的家人——一个疲惫的女人，肩上坐着一个湿漉漉的女孩；一个疲惫的男人，身后紧跟着一个小男孩。我想象着，他们其实只是我从未谋面的人。我想着，他们身后没有跟着一个年龄更大的女儿，这是多么幸运（这仿佛是我在平行时空中的生活）。然后，我伸手挽住了米米的手臂，我们向着西码头的遗迹走去。

◎西码头

布莱顿有两个码头。皇宫码头仍然开放，那里有老虎机和游乐设施，还有炸鱼和薯条。被烧毁的那个码头就是西码头。在西码头遗迹旁边的海滩上，有一座瞭望塔。那就像是一根伸向天空的巨型柱子，上面有一个巨大的玻璃吊舱，看上去像一个圆形的甜甜圈，还能向上或向下缓慢移动。人们可以付费乘坐吊舱欣赏美景。当我们走向那边时，吊舱正在上升，里面有一对老夫妇正在凝望大海。还有一家人把脸贴在玻璃上，婴儿车里有个小女孩在低头看我们，朝我们吐舌头。米米也冲着她吐舌头，那个小女孩笑了起来。

如今的西码头只剩下一些扭曲变形的棕色金属，像一副浮在水面的骨架。所有的树木、玻璃、建筑和游乐设施都已无处可寻。海鸥在头顶上飞来飞去，或者在金属架上栖息。一艘小船在海平面上晃动着。

“码头以前是什么样子？”我问，“在被烧毁之前？”

我总会问米米一些西码头的情况，这是我们的习惯之一。我总是问出同样的问题，她也总会给出同样的答案。

“对了，那里有一个浴场，你可以换衣服，然后跳进海里，再返回码头。还有一座周围有螺旋形滑梯的灯塔和一家餐馆。我在码头上遇到了你的外公。他当时刚从占卜屋里走出来。”她说。

“占卜师跟他说了什么？”

“嗯，你外公问他会不会爱上某个人，占卜师说会，但他得等上好几年。然后，他从她的小店里走出来，口袋里的零钱掉到了地上。他捡起来的时候，我撞到了他。我们就这样认识了。后来码头着火时，我们就坐在这儿的碎石子海滩上，看着黄色的烟雾飘满了整片天空。人们当时已经停用码头了，但这个景象还是很令人悲伤。每天我们都会来这儿，每天都会有一部分码头逐渐坍塌掉进海里。”

她叹了口气：“哪怕到了今天，这里也是整个布莱顿我最喜欢的地方。我有很多快乐的回忆在这里。”

我很难想象这座码头曾经也有生命，曾经也飘满了人声，发生着各种事情。

“这里仍然很美，你不觉得吗？”米米说。

我知道，我们现在正看着同一个方向，映入眼帘的也是同样的景象。但是，我又肯定我们各自看到的绝对截然不同。不过，这里看起来确实很美，就像是从海中升起的有生命的物体一般。而且，这些金属一点儿都不可怕，因为它只是一副残骸而已。

◎科拉尔

我们回到家时，看到科拉尔的照片在地毯上，应该是被风吹下去的。米米捡了起来。

“科拉尔是谁？”我问，“你为什么说她是个失踪的女孩？”

米米叹了口气：“她是我的堂妹，她在海上失踪了。”

我的心感到一阵疼痛。我没有使用夸张的修辞手法。这种疼痛就像电流一样穿过我的身体。

“战后不久，她当时正和父母一起乘游轮旅行。”米米说，“那是那个季节的首次旅行，而那条船其实不适合海上航行。她当时才两岁啊。”

我的心狂跳不止。如果我的心能尖叫，它一定会发出“啊——”的声音！我感觉我认识科拉尔好像有一辈子那么久了，我只是一直在等着有人告诉我这一切而已。我想象着，多年前有一只海怪把那条船掀翻了，把科拉尔吞进了肚子里。我想说点什么，但又什么也说不出口。

我深吸一口气，又一次试着开口。“你的叔叔、阿姨也淹死了吗？”我问道。

米米点点头：“是的，那是我爸爸的弟弟和他的妻子。他们一家三口都离开了这个世界。我妈妈伤心极了。我爸爸在前一年的战争中也去世了，所以只剩我和妈妈孤苦相依。”

“事故是在哪儿发生的？”

“离海岸只有几英里的地方。”

她叹了口气：“这张照片里的一切都人事已非了。科拉尔不在了，西码头也没有了。”

“还有拍下这张照片的人。”我说。

“几乎可以肯定拍照的人已经不在人世了。”米米说，“差不多是七十五年前了。”

“你想她吗？”

“嗯，”米米说，“她去世的时候，我才五岁，她才两岁。所以我并不确定我对她有多少清晰的记忆。但我会想念她，知道她曾在世界上存在过。我没有兄弟姐妹，她又是我唯一的堂妹。”她笑了。

“在我小时候，她就是存在于我想象中的朋友。我会在假想中和她聊天，把发生在我身上的故事讲给她听。就像你和海鸥聊天那样。”

“我那也不算是和海鸥聊天啦。”我说，“我们只是能够互相理解对方。”

“好吧，”她说，“那你就不会懂了。但是，如果你是一个孤单的小孩，有个想象中的朋友会好很多。”

我耸耸肩。

“而且它们也不会回话。”她说。

她把照片放回壁炉架上，我走上楼回房间，在床边坐下，深呼吸了几次，直到心跳平缓下来。然后我打开窗户，海鸥正栖息在米米家的棚子上，仰望着天空。我以前从来没有大声和海鸥说过话（真的真的没有），但现在我开始试着说了。我的声音小到没有其他人能听见，但音量大小又刚好能让微风把我的话传给海鸥。

“科拉尔被海怪吃掉了。”我说。

她看着我，抬起一条腿，用脚挠了挠头。然后，她发出了十二声尖叫：基亚、基亚、基亚、基亚、基亚、基亚、基亚、基亚、基亚、基亚、基亚、基亚——

她可能是在叫我别担心，等我十二岁的时候，一切就都会好起来。她也有可能是在表达，她想要十二条鱼来当下午茶。总之，我满心忧虑，没办法不去想这件事。

◎阴影

那天接下来的时间，我和米米一起做了柠檬蛋糕。她在西码头还未变成海中废墟时拍摄过一些照片，我帮她整理了一番。我几乎把科拉尔的事抛在了脑后。

但到了晚上，科拉尔又出现在我的睡梦中。她在水中穿梭，被海藻缠绕着，伸手去抓她掉下的冰激凌。在她身后，有一片阴影越来越靠近……

CHAPTER 04

◎面朝西边

我自己的家在山上，那是我和爸妈、双胞胎住的地方。如果我踮起脚站着从阁楼房间的窗户向外看，可以看到一条狭长的海面。如果不是雾很大的天气，我还能看到风力发电机的叶片在空中闪烁着光芒。不过，我站在那儿没法看到米米的房子。我们房子的海拔还不够高。

妈妈说，大风都要把我家的房子吹倒了。她说风是从大海上吹过来的，一百年来，我们家的房子一直都在遭受强风的侵蚀。这就是为什么会有霉菌爬进我的房间，而爸爸不得不找些东西来填满砖块之间的缝隙，以防雨水侵入。

但哪怕撇开霉菌问题不谈，我家的房子也不是一个让人放松的好地方，因为双胞胎总在尖声喊叫、打碎东西。不管什么时候，只要妈妈在家，她总是在不停地把东西捡起来放好。虽然双胞胎马上就会再次把东西翻出来，妈妈依然乐此不疲。她就像一个人形真空吸尘器。

如果你还不知道和一个人形真空吸尘器朝夕相处是什么感觉，那么让我来告诉你——那感觉简直糟透了（哈哈）。

◎遇难船只

米米的房子看起来和遇难船只一样杂乱，到处都散落着东西。衣架上挂着珠子和手链，屋子里到处是装饰品、旧玩具车、洋娃娃、不成对的杯子和碟子，地上堆着成堆的书以及书架上掉下来的书，还有很多盒子满满当当地塞着照片。一些箱子裂开了，还有些箱子的盖子破了，里面冒出一些纸片。有些箱子的贴纸上写着“此面朝上”，却是颠倒放置的。

我刚搬进来的时候，爸爸准备帮我把箱子搬进妈妈以前住的房间。他刚打开门，就不禁吓得往后退了一步，好像看到里面有只海豹在床上用香蕉玩杂耍一般（我没有夸大其词）。然后他转向我微笑着说：“嘿嘿。”（意思是“没关系，我们继续”。）

他脸上的笑容正在逐渐消散。这不是因为他在担心双胞胎，他们正在楼下开心地和米米一起看《飞天万能车》[1]呢。他笑不出来的原因是，我们压根看不见床，因为床上

[1]《飞天万能车》（Chitty Chitty Bang Bang）是一部1968年的英国电影。电影讲述了一名怪点子特多的发明家，带着两个孩子驾驶一辆老爷车外出度假，碰到连篇怪事的故事。

堆满了箱子；我们也压根看不到地板，因为地板上也堆满了箱子。

他把那些箱子从床上拿下来，托马斯（米米的猫）从毯子里跳了出来，发出一阵威胁的嘶嘶声后跑出门外。爸爸把床上的东西都清走了，在架子上也腾出了足够的空间来放置盒子。但凡是他找不到地方来放的东西，他都先放在了靠墙的地方，这样地板就腾出了足够的空间，我们可以来回走动。而且，还有一件趣事，这些一层层堆上去的东西居然能保持平衡。虽然它们通常会让我很担忧，我担心打喷嚏（或地震）都可能让它们倒下来，但现在我却发现自己并不担心这一点。其实，我还挺喜欢这样的。

因为，这里的生活完全是凌乱的。而且，这里还有很多人在不同人生时期的照片。我在入睡时便想象着，所有故事都在我的四周萦绕，然后飘进我的梦乡。

◎如何打开降落伞

我刚吃完早饭，就听到米米在楼梯上跑上跑下，还听到她在开门、关门。这就像双胞胎知道了糖果藏在哪里，然后一直找个不停，直到找到为止。最后她冲进了厨房，在这儿像热锅上的蚂蚁一样团团转。如果她稍不注意，可能就会感觉天旋地转。

“怎么了，米米？”我说。

“我有东西不见了。”

“是什么？”

她摇摇头，双臂摆动着。她看起来就像是刚从飞机上纵身跳下，却又忘了要怎样打开降落伞。

“我不记得了。”她说。

“我会帮你找到的。”我说。

“你会吗？你会吗？”

我点点头，又点点头。这样就能让她知道，我是认真的。我当时看起来肯定就是点头如捣蒜的样子。我希望梅森没有在花园里看到这一幕。

“我会帮你把事情都写下来。”我说，“如果你弄丢了什么东西，或是忘了什么，我们就可以查一下我写的清单。”

“你能帮我做这个吗？”

“当然。”我说，“你告诉我你有哪些想要记住的事情，我就帮你写下来。”

米米的手臂停止了摆动，脸上的褶皱也慢慢平缓下来。（我不是说所有的皱纹都消失了。毕竟她已经这么老了。）现在她就像是顺利打开降落伞正在轻轻地飘回地面，她的头顶是一片湛蓝的天空，柔软的草地也在欢迎她降落。

“那就好，”她说，“那就好。”

她看着我洗碗、洗勺子，然后拿起了我的包。

“你是正要去什么好地方吗？”她说。

“我要去上学呀。”我说。

她笑了：“是这样。所以你才穿着这身校服，对吗？”

我点点头。然后她从厨房跑了出去，又上了楼梯。不过这一次，她是面带微笑的。

◎学校

夏尔玛老师把班上的座位重新排过后，梅森成了我的同桌。这让我不太开心。当米米邀请梅森来吃早餐时，我向她使过眼色。现在，我把同样的眼神送给了夏尔玛老师，但这次还是于事无补。

“提醒一下大家，”她说，“我们下周要去博物馆。我们去了那边以后，我希望大家都能想一想，为什么布莱顿的游客会想去参观博物馆，而不是直接去海滩？他们能在博物馆看到什么？那里有什么有趣的东西呢？等快到期末的时候，你们都要任选一项内容来写作，努力用自己的观点去说服别人。所以，这次参观也会是绝佳的练习机会。”

梅森把手藏在桌子底下，正在折一个纸飞机。

“你听明白了吗，梅森？”夏尔玛老师问道。

梅森抬起了头：“明白了，老师。”

“好吧，”她继续说，“大家都和自己的同桌一起走路去博物馆，所以不用担心找不到伙伴啦。”

梅森看着我，露出满脸笑容。我的心瞬间一沉。

“好了。”夏尔玛老师说，“那么现在，我们还有一个任务，就是选出一名生态代表。他的职责是，督促我们都尽自己的全力保护环境。有主动报名的同学吗？”

很多人都举起了手，包括梅森在内。他的纸飞机掉到了地上。

“太棒了！”夏尔玛老师说，“梅森，我想请你做我们的生态代表，因为你刚来学校不久，这能让你快速认识大家。”

梅森站起来，微微鞠了一躬。

“还有一件事。”夏尔玛老师又开口了，她指着飞机说，“你可以把那张纸扔进垃圾桶，为你接下来的工作开一个好头。”

◎你难道没有朋友吗？

我想自己一个人走回家，但梅森却追着我不放。

“你难道没有朋友吗？”他说。

他真的很没礼貌。

“什么？”我问。

“好吧，”他说，“我还没有什么朋友，因为我刚搬到布莱顿不久。但你一直都在这里住着。你的那些朋友都去哪里啦？你看起来是个挺不错的人啊。”

（他说话的语气像是个百岁老人。）

我想这根本不关他的事。但他直盯着我，我只好告诉了他。

“我以前有两个好朋友，”我说，“但他们都不在这里了。一个转去了另一所学校，另一个搬家去了另一座城市。如果朋友们总要不停搬家，我就懒得再去交朋友了。有什么意义呢？”

然后我摆出一副“你怎么连这都不知道”的表情。

“要搬到一个新地方，也挺不容易的。”他说，“你看看我的情况就知道了。”

“好吧，”我说，“我打算等到上初中再说吧，希望我那时候能找到一个跟我合得来的朋友。”

“好吧。”他说，“非常感谢。”

“你这话是什么意思？”

他耸耸肩：“别担心。”

从那时开始，他就不再来问我能不能一起走了。但他一

般也不会和我相隔太远。我一般都会避开路上的裂缝[1]，同时还会默默数着海鸥鸣叫的次数。这是一项复杂的工作。有时我会想，如果能把我们的大脑分成两个部分，也许事情就会变得简单。有一次我把这个想法告诉了米米，她说："这就是为什么我们总会需要其他人——这样你们就可以分享和借鉴彼此的经验了。你也不用只活在自己的脑海里啦。"

总之，梅森跟在我后面回家，一路还哼着歌。他真的很烦人。我踩到了三条裂缝，我还数着两只海鸥的鸣叫声。它们仿佛在为什么争论不休，一共叫了六十八次，中间都没有暂停过。希望这六十八次鸣叫能够抵消我踩到裂缝的厄运，不要让我触霉头。

◎在椅子上保持平衡

米米站在我房间的椅子上。她穿着一双粉红色拖鞋，那是一双没有后跟的拖鞋（奇怪的是，她把它们叫作骡子鞋[2]）。这种鞋可能会让你在楼梯上绊倒，甚至可能摔断

[1] 这是西方的迷信之一，据说人行道上的裂缝会通往冥界，踩到这样的裂缝就可能招来恶魔，带来厄运。

[2] 骡子鞋（Mules），mule一词的本义为骡子，复数形式意为拖鞋。这种拖鞋通常音译为穆勒鞋，是一种包裹着脚背，不露脚趾只露脚跟的高跟鞋。随着潮流的一次次发展变化，现在也有了露脚趾的穆勒鞋、平跟的穆勒鞋、尖头的穆勒鞋等变体，但是露脚跟是必要条件。

脖子。

她想从架子最顶端拿到一盒照片。架子上每隔一层都放着盒子，我的床底下也塞着盒子，但那些都不是她想要的。她想要的那盒照片偏偏就在最高、最难拿到、必须站在椅子上才够得着的地方。我甚至可以看到，她的脚趾在拖鞋里使劲扣紧。

“我来帮你拿盒子吧，米米。”我说。

她摇摇头：“我没事的，谢谢你。我这就要拿下来了。”

她用双手抓住盒子递给我，但看上去她好像抖得很厉害。我向她张开手臂，想护住她。这是我下意识的做法（就像爸爸看到双胞胎从身边跑过时的反应一样）。

“拿稳盒子哦，艾瑞丝。”米米说。

她有点儿摇晃起来。

当盒子从她手里掉落的时候，我在犹豫究竟是接住这些照片，还是继续护住米米。于是一大堆黑白照片掉到了地板上。

米米深吸了几口气。她可能在心里默默数到了十。然后她说：“我现在可以下来了吗？”

“真的很抱歉。”我说，“可我不想让你摔下来。”

“嗯，我没有摔呀，对不对？”她说，“谢谢你帮我站稳了。”

我从众多照片中清理出一条路来，她把手搭在我的肩膀上，从椅子上走了下来。

“谢谢你的帮助，丽纳。”她说。

“我是艾瑞丝，”我说，“丽纳是我妈妈。”

她没有听到我说的话。她正在看照片。她跪在地上，捡起一把照片抛向空中。照片又再次飘落回了地板上。然后她大笑起来。

她这时的样子很有趣，于是我也笑了。

◎照片

我们把照片收回盒子里，又把盒子带到楼下厨房，放在桌子上。米米想整理一下。那些都是婚礼上拍摄的照片，上面那些微笑的面孔在注视着我们。女人们穿着白色连衣裙，戴着面纱；她们的伴侣则穿着西服套装。还有很多人穿着背心，戴着超级大的宽檐帽。

“我走到哪儿都会想起这些人。”米米说，“有时我看到一张脸，我就会想，那个人是谁呀？然后我就记起了他们怀里紧抱着一束花的模样。不过，那大概已经是五十年前的事了。他们现在应该已经都有孙子孙女啦。”

“你没有彩色照片吗？”我说。

“有啊，”她说，“但这些是我自己在暗房里冲洗出来的。我的暗房里没法洗出彩色照片。”

“暗房是什么？”

“那是一个供你施展魔法的地方。”她说，然后轻轻拍了一下鼻翼的一侧，“以后我找个时间给你展示一下。”

她从中抽出一张照片，上面是两个身穿白色西装的男人。两人都是开怀大笑的样子。他们是住在马路对面的李和丹尼。照片上的他们看起来比现在年轻一些——李还留着一头浓密的卷发，丹尼很高，看上去很强壮。

“那是他们一生中的高光时刻。”米米说。

我能看出这一点。他们看起来就像刚赢了一百万英镑那么开心。

除了李和丹尼的这张合照，我最喜欢的照片还有这些：

对着镜头眨眼的胖新郎和瘦新娘。

一对夫妇穿着条纹衣服，吃着彩棍糖。

一对夫妇吃着白煮蛋，还有一只海鸥在他们头顶盘旋。

还有两位新娘，她们的礼服上用别针别了鲜花。

一对笑得停不下来的新婚夫妇。在他俩的每张合照里，总有一个人是虚焦的。

“这一对啊，我给他们拍了有数百张照片吧。”米米说，“他们总是动个不停。最后我都忍不住说了他们几句。”

“真的吗？”我说，“在他们结婚那天？”

“是的，”她说，“但这么做还是值得的。”

她举起了拍摄成功的那张照片——他们看起来就像两个扮成新郎新娘的人，在教室最后面罚站。

“后来他们又高兴起来了吗？”我问。

“哦，当然啦，”她说，“后来小狗来了。”

“这是什么意思？”

“他们带了四只小狗来参加婚礼，”米米说，“我花了更长的时间，才成功拍到了小狗们的合影。”

她四处翻找，拿出了一张照片。上面有四只小狗，项圈上还有蝴蝶结，它们在这对夫妇的怀里扭动着。大家看起来都像在唱歌一样张大着嘴，甚至小狗也是如此。

我们把虚焦的照片和一些纸片扔掉，把其余照片放回了盒子，在盒子侧面写上“婚礼”两个字。

“完工啦。”米米说，“谢谢你，丽纳。”

“我是艾瑞丝。”我说。

“啊，是这样啊。”米米说，然后拍了拍我的手。

◎清单

我把盒子拿回了我楼上的房间，放回了架子上。然后我放下笔记本和笔。我现在想要整理一下。

“我们要不要现在就写清单？”我说。

“什么清单？”米米问。

“就是把那些你想记住的事情写下来。”

她一脸茫然地看着我。

“就像我们之前约定的那样，”我说，“防止你忘记一些事情。”

米米摇了摇头：“不，亲爱的。一切都很好啊，没什么好担心的。”

我真的希望我们能写一个清单，这样下次她担心的时候，我也许就能帮上忙。但她却一点儿也不感兴趣。

“总得记下点儿什么。”我说。

她又摇了摇头。“不不不。但是，你真的特别贴心。”她说。

尽管如此，我还是自己写了清单。

◎米米的备忘录

一、睡在隔壁卧室的女孩叫艾瑞丝。她是你的外孙女，丽纳是艾瑞丝的妈妈（也就是你的女儿）。

二、艾瑞丝不喜欢在鸡蛋上抹果酱。

三、走出房子以后要右转，才能去海边。如果你向左转，就会离大海越来越远。你甚至可能会一路走到艾瑞丝家里。

四、出门不要戴上手链，因为出去可能会弄丢。

五、如果艾瑞丝在早餐时间穿着校服，这说明她马上要去上学了。

CHAPTER 05

◎好朋友，一辈子

米米和李、丹尼一起遛狗。她说，他们是全世界最好的邻居。李和我妈妈以前是同学，所以米米可以说是看着他长大的。让我来形容一下他们的长相：

李是瑜伽老师。他戴着平顶帽，下巴中间垂着一小撮胡须。而且他走路的样子很特别，哪怕我从海滩的另一边或从路的尽头看到他，我也能认出他。我无法准确描述这种感觉，只能说他周围的空气比其他人周围的都要移动得慢一些。就好像是，海面上吹来一阵狂风，而李却只是走在自己的一个小隧道里，在静止的空气里穿过。

在这一点上，他和米米截然不同，因为米米周围的空气永远不会停止流动。如果你和米米一起去咖啡馆，桌子总会摇晃起来，椅子似乎也显得太小，虽然米米其实是小个子。而她的那杯茶往往最后都会溅到杯托里。

但李总是很冷静。如果罗拉或邦尼失踪了（这是两只狗狗的名字），他不会想象它们冲到马路上或被海浪带走的场景。他只会停下来思考，然后决定自己下一步该做什么。在我认识的人中只有他是这样。至少，在我家里没有人像他一样，这一点我可以肯定。

丹尼更像米米，因为他总是蹦蹦跳跳的。只是他走路不会像一只寻找蠕虫的鸟那样颤颤巍巍——他走路的样子有点儿摇摇摆摆，步子总会迈得很大。我总感觉他一挥手就会把什么东西撞翻，因为他的肘部很壮，但我担心的这种事从未真的发生过。他就像是后脑勺长了眼睛一样灵敏。他是一所初中的校长（很遗憾，不是我读的那所学校），我认为他一定是有史以来最好的校长，因为他非常善良。

如果米米需要换灯泡了，丹尼就会过来帮忙。他甚至不需要搭椅子就能够得着。他只是穿着那双巨大的鞋子，踮起脚尖站着，就可以取出旧灯泡，换上新灯泡。如果米米没有灯泡，他会从自己家里给她拿一个，哪怕他和李可能要坐在一片漆黑的屋子里。如果米米的垃圾桶被风掀翻了，他会跑到街上去把她的垃圾都捡起来。如果米米客厅墙上的那些架子有一个掉了下来，他会来拧好螺丝，安装回去。我感觉，这么一来，这个架子就再也不会掉下来了。如果发生地震，唯一幸存下来的可能就是丹尼修好的架子啦。

◎搜寻弹珠

梅森站在前门台阶上。他竟然按响了门铃，而不是钻过树篱来拜访。他肩上扛着一个包，手里拿着的硬币正在叮当作响。

“你想去跳蚤市场看看吗？”他说，“我正在搜寻弹珠。”

我还不确定要不要去，所以我等着他说出更多的信息。

“然后，我们还可以去我姨妈的糖果店。”他说。

“好的，”我说，“那我也去。”

◎跳蚤市场

今天很冷，但天空湛蓝无云。阳光洒满了路面，桌子上的镜面和小银片都反射着阳光。摊主们站在一旁，边聊天边喝咖啡。

我假装自己只是来帮梅森的忙而已，但其实我还是挺喜欢跳蚤市场的。这是一条小巷，从这一头到另一端都摆满了摊位。在这里，只有你想不到，没有你找不到，就像有一百万个老人都留下了一件东西在这儿。大部分东西都摆在桌子上，也有在地上铺着毯子摆摊的，上面放满了书本、工具、网球拍、棋盘，还有一些我甚至根本认不出是什么的东西。

有一个老式的留声机。以前，人们会用这种机器来播放唱片，上面装着一个巨大的扬声器，就像长着一个巨大的耳朵。一个女人在留声机上放上一张唱片，然后就在旁边跳起了舞。还有一些鸟笼，里面没有鸟。还有旧衣服、一些蕾丝花边、钟表和家具。还有一些被称作“小古董”的东西，这是以前人们收集了一辈子的各种小玩意儿。

梅森见到什么都要去查看一番，希望能找到弹珠。他以为我也在帮他找呢，其实我没有。

他从一个花盆里挖出了一颗弹珠。“这种是猫眼，”他说，“这特别常见，所以如果你也看到一个，就不用专门来告诉我了。”

他把它举到光线下：“看，你好像可以看到猫的眼睛。”

三种颜色扭曲在一起，形成了一只眼睛的形状。

我点了点头。

然后他就继续往前走。他只要找不到弹珠，就会直奔下一个摊位。他这个人真的很无趣。

我在一张铺着黑色天鹅绒的桌子前停下了脚步。桌上摆着幸运符，还有硬币、戒指和黄金链条，还有一些动物形状的饰品。

桌子旁边的摇椅上坐着一个男人，正在吃煮鸡蛋。他穿着一件长羊毛外套，正把蛋壳往碟子里扔。

“来看看，亲爱的。”他说，“这里你喜欢的任何东西，都只需要一英镑[1]。”

我给米米买了一只黑白相间的瓷器小猫，用来搭配她其他的装饰品。小猫有一只耳朵上有缺口，和米米的房子很相衬。而且小猫长得有点儿像托马斯（刻薄且不友善）。她应该会很喜欢。

梅森跑过来。我正在付钱，而他挥舞着手里的弹珠。“看！”他说，“这是龙卷风！”

“是好看的那类吗？”我说。

“是的！你看！”

他把弹珠高高举向天空。外面是红色和黄色的圆环，环绕着内里的一抹绿色。他看了看我买的小猫，我瞟了眼他的弹珠，然后我们互相干瞪着眼，都不是很感兴趣。

“哦，对了，”梅森说，“糖果！”

◎糖果

梅森姨妈的店叫“糖果套间”。梅森说“套间”指的是一组房间，但据我的肉眼所见，这家店只有一个房间。如果你

[1] 一英镑约合人民币九元。

问我为什么，我只能说，这确实有点儿令人费解。

他的姨妈正坐在柜台后面，手里拿着金属勺子，从罐子里舀出糖果来，然后把糖果装进一个条纹纸袋里。她戴着一个鼻环，还戴着好些个耳环。她看到我们时，脸上露出微笑。

“嗨，安吉。”梅森说。

他走到柜台后面，坐在她旁边的高脚凳上。他看起来很自豪的样子。我有一种可怕的预感，他可能想给我把吃的端上来。

“这是我的朋友艾瑞丝，”他说，“嗯，其实还算不上是朋友吧，但她和我是一个班的。她希望读中学以后能交到朋友。”

（他说的话可真是尴尬。）

“你好。”我说。

“很高兴见到你，不是梅森朋友的小姑娘。”安吉说。

她放下勺子，用贴纸封住袋子。

“你介意帮我看会儿店吗？就几分钟。”她说，“我正在清理阁楼，得拿一些东西下来。”

“没问题。”梅森说。

看起来，他对自己的表现很满意。

安吉消失在店铺后面的一扇门后。

“那里还有其他房间，”梅森说，“她的公寓在楼上。这就是为什么我们会搬到布莱顿，因为姨妈住在这里。我长大以后打算在这里工作，我甚至还可能会自己开一家店呢。”

他敲了敲另一把空的高脚凳：“来坐下吧，你也可以帮上忙。”

我在柜台后面坐下，就坐在他旁边。我不想给他留下我在卖力表现自己的印象，但又忍不住这么做。两个女孩和她们的妈妈一起走了进来，我表现得就像这是我们自己的店一样。我想梅森也有同样的感觉。他试图让自己显得更高大一些。糖果后面的每一面墙上都装着镜子，我在对面的镜子里看到了我们。我看起来像是十一岁，梅森看起来八岁左右。

“我推荐太妃糖。”梅森说，“这是人类历史上最耐嚼的糖了。但如果你补了超多超多的牙，我建议你吃那种软一些的糖果，这样你补过的牙齿就不会松动了。比如棉花糖。”

“看，”女人轻声对女儿说，“我跟你说过补牙的事情吧。”

“你补过牙吗？”最小的那个女孩问梅森。

“没有。”他说，“我才没有呢。”

然后他忽然张大了嘴想要证明自己。我们都吓了一跳。

“好吧，”那个女人说，“快点选好想吃什么，好吗？”

我看得出来，她急着想走人。

女孩们在商店里徘徊，这里看看，那里看看。我希望她们能下定决心，因为我希望在安吉回来之前，我们能入账一笔，然后还找出去一些零钱。

梅森说：“我的助手会给你们看看太妃糖吃起来是什么样。”

女孩们仍在店里四处挑选。

他从柜台上拿起一个罐子，拿起钳子，扯出一块太妃糖，然后拿给我看。

“这是可以吃的吗？”

“呃，可以。这是我姨妈的店。不管怎样，”他说，“你还在这里工作呢。”

他很大气的样子。

我拿了一颗太妃糖放进嘴里，但嚼了两下以后，我的牙齿就粘在了一起。我感觉这两颗牙简直要从牙龈里被扯出来了。

女孩们重新开始挑选起来，最终选了飞碟和糖豆。梅森一直在做她们的导购。我不能加入其中，因为我没法说话了。这也许就是他给我吃太妃糖的原因。我忍不住想，他可能是在炫耀。

安吉回来时，我还是没法正常地咀嚼。她提着两个塞得满满的大帆布袋，把袋子里的东西全放在了柜台后面。然后她的目光落在了我身上。

“你还好吗？”她说。

我点点头。我看到了镜子里的自己。我的脸颊已经隆起，我的眼珠就像要从眼眶里掉出来了。

“她在尝太妃糖，”梅森帮我解释，“我告诉过她，这是你店里最耐嚼的糖。”

如果不是每面墙上的镜子都照出了我的影子，我会把太妃糖拿出来放进口袋。但现在各个角度都能看到我，我只得继续吮吸嘴里的那颗糖。梅森和安吉聊着天，谈到梅森妈妈和她的驾校课，跳蚤市场，以及下周学校要去博物馆参观的事。我什么也没说。我一个字儿也说不出了。

最后安吉说：“如果你想吐出来，就吐出来吧。”

她递给我一张纸巾，然后拿出一个垃圾桶。

“再选一些糖果带回去吃吧。”她说，“也许，你可以选那些质地软点儿的。”

我把太妃糖吐进纸巾里，扔进了垃圾桶。这真是让人难堪。我不敢直视她的眼睛，然后我选了一小袋帕尔玛紫罗兰糖给米米——这是一种紫色的小糖果，看起来很像她的香

皂。而且，这种糖果也带着一股肥皂味儿。这是米米最喜欢的味道。

梅森选择了一种球状硬糖，我想是因为它们看起来像弹珠吧。

◎潜水服

米米在厨房里，她正把脚搁在桌子上伸展着，想要让疼痛感缓解一点儿。

“真是一把老骨头了。”她痛苦地说道。

“我给你准备了两样礼物。”我说。

我拿出小瓷猫和帕尔玛紫罗兰糖。

她把两只脚放回地面，盯着这两样礼物，开心地笑了。

她说：“我真是太幸福了，能够拥有这些礼物！”

我们吃了一些帕尔玛紫罗兰糖，她把小瓷猫放在了客厅的架子上。旁边放着一个时钟，时间停留在四点二十。（米米说，它一天中至少能显示两次正确的时间。）

然后她说：“其实我也有东西给你。”

她匆匆上楼，又拿着一件潜水服走下来。那是件黑色潜水服，底边上有红色的线条装饰。

“大小合适吗？”她说，“我在衣柜后面找到的。这是你妈妈以前穿的。”

“我不想要这个，谢谢。”我说。

“为什么呢？”

“因为我游得很烂，而且夏天已经结束了，没有救生员了。”

我甚至不打算提那个水底的怪物。我都不愿想起来这回事儿。

“你和我在一起的时候总是很安全的。”米米说。

我点了点头，但这话没法让我信服。一点儿也没有。如果水里面有什么东西，她一眨眼工夫就会被吞下去，甚至都不够塞牙缝的。

潜水服被放回了衣柜里。它可能得一辈子在那里吃灰了，除非以后双胞胎中有谁想要穿一穿。

◎热巧克力

我和米米要去海滩看日落。米米在做热巧克力，她往马克杯里倒了一些，递给我先尝尝。

“够不够甜？”她问。

我喝了一口，差点儿没呕出来。我跑到水槽边，才赶紧吐出来。

“我想你往里面放的是盐。”我说。

“盐？”

“是的，你自己尝尝。”

她摇了摇头：“我可真是傻了啊。”

“可能在未来的某个时间点，我也会喜欢上这个味道的。”我说。

“不，你不会喜欢的。”她说，“别骗我了。”

我们又做了一些热巧克力，这一次我们加的是糖。米米一言不发。然后我们把水壶灌满，穿上大衣，准备出发去海滩。门在我们身后关上时，米米亲了亲我的额头，就像平日里妈妈亲我那样。

她说：“对不起。”

◎狗和棍子

我们坐在碎石海滩上，看着太阳沉入地平线下。天快黑了，灰色天空下的西码头显得格外阴森。一波又一波白色泡沫漫到岸边，把海滩上的小石子冲得哗哗作响。

一个男人正在遛狗，他穿着一件连帽衫，把兜帽戴了起来。他扔出一根棍子，狗狗去叼起来还给他，如此往复。狗狗看到我们便跑了过来，把棍子放在了我们脚下。棍子上带着海水的泡沫，还有狗的口水。

米米跳起来，拿起棍子，然后说：“咦——好恶心。”

她在针织衫上擦了擦手，把棍子扔得又高又远，那人和狗狗看起来都很惊讶的样子。然后她又靠着我坐了下来，我们看着那人带着狗狗越走越远。西码头上印着海鸥的剪影。在远处，风力发电田逐渐隐没在暮色之中。

“那些小鸟，”米米说，“它们叫什么？”

“你是说那些椋鸟吗？”我说。

“是的，但是它们这样一群出现的是叫什么来着？”她拍着手说。

“鸟浪。”

她笑了起来。“没错！”她说，“是鸟浪。我期待看到大片的鸟群飞过。”

我也喜欢这个景象。在秋天，成千上万的椋鸟总会在太阳落山时飞来西码头，落在地面栖息。鸟群会在海面上飞来飞去，就像一片巨大的云，不断地扭转、运动、改变形状。这简直就像魔法一样神奇。

“我们应该不用等太久的。”我说。

我们喝着热巧克力，然后玩起了往杯子里扔小石子的游戏。有时赢的是我，有时是米米，但这都没什么要紧。小石头在沙滩上弹跳着，有时会把杯子打翻，有时直接滚进一片漆黑的大海。

◎米米的备忘录

六、不要再叫艾瑞丝去游泳了，甚至都别叫她穿潜水服了。她不会想去的。

七、热巧克力里面还是放糖比较好，不要放盐。

八、沙滩上鸟群飞舞的景象叫鸟浪。

◎我的备忘录

一、以后再也不要吃“糖果套间”的太妃糖了，哪怕是免费的也别吃。如果是梅森拿来的，那更不要吃。那种糖太有嚼劲，你可能会窒息而死，而且你死去的时候，眼前还会有一百面镜子照着你。

CHAPTER 06

◎猫咪三明治

米米正在为我学校组织的出游准备猫咪三明治——不是在里面夹上猫，而是形状像猫的三明治。她先在三明治中间塞满芝士，然后用一个猫头形状的饼干模具，向下压一下。

“你以前也和我妈妈一起做过这个吗？”我问。

“对。”她说，“我们做过蛋糕、三明治和饼干。我们有很多不同形状的模具，星星、鱼、海豚和鸟都可以做。”

我很难想象妈妈也会做这样傻傻的事情。

“好了，”她说，“等我切好了，你就可以吃面包皮了，看看你能不能跟得上我的节奏。”

这看起来可不太好吃啊。

“这是你的早餐。”她说，“所以，你可以吃光光。”

面包皮很多，芝士却不多，所以这不是一顿很丰盛的早餐。但是，三明治看起来还不错。

◎校园出游

我一直没法摆脱梅森，还有一位来做助手的家长。她路上一直在看手机，直到博物馆门口也没停过。梅森则一直在说个不停。我已经放弃了，不想凶他，也不再试图摆脱他。我没法真正摆脱，因为他毕竟是住在隔壁的邻居。而且，不管怎样，他姨妈还开了一家糖果店。

“你的三明治里有什么？”他问。

“芝士。”

“你最喜欢哪一种弹珠？”

“我不知道，”我说，“但应该不是猫眼那种。”

“你喜欢星系弹珠吗？”他说。

“那是什么？”

“一种看起来像星系的弹珠，呃，”他说，“上面有斑点。”

“好吧，”我说，“是的，也许我最喜欢的是星系弹珠吧。”

“或者，你觉得鱿鱼的怎么样？”他说，“就是蓝色那种。”

如果我不转移话题，他应该会把每一种弹珠都说上一遍。所以我跟他提起了科拉尔和她的父母，还有沉船的事，事故原因是没人检查过它是不是适合航行。我很高兴我能告诉他这些，因为，好像我大声说出来以后，科拉尔就再也不会出现在我的梦里。这还因为，我感觉她一直在我身后，如影随形。

我说完以后，梅森就安静下来了。直到我们到达博物馆，他都没有开口说过话。

◎博物馆

博物馆位于一幢相当古老的建筑内，房子用砖块建成，带着黑色的金属门。我和爸爸妈妈来这里玩过，那时候双胞胎还没有出生。夏尔玛老师带我们到了楼上一间放着老式玩具的房间，给我们每人一支铅笔和一张纸。

“好啦，”她说，“不要推来推去，也不要跑来跑去，我们时间很充裕。开心地看看玩具吧，如果你们愿意的话，还可以做点笔记。”

我们一窝蜂地冲了进去，很快就开始相互推搡起来。这个房间还完全是我记忆中的老样子，里面有一辆老爷车，可以坐得下一个小孩。还有一些洋娃娃屋和玻璃橱柜，里面装满了旧泰迪熊、玩具、模型飞机、游戏道具和弹珠。梅森第一时间看到了弹珠，他呆站在那儿盯着弹珠，仿佛看了几个世纪。然后他咬了咬铅笔，开始一边写笔记，一边大声读出内容。

“博物馆真是一场充满奇幻乐趣的盛宴，”他说，“任何人，都应该参观这个奇妙的博物馆，只要他们曾经是孩子，或者现在就是孩子。”他环顾四周，看是否有人注意到自己。

“每个人都曾经是孩子。”有人在嘀咕，“笨蛋。”

梅森耸了耸肩。

我必须得走开一点儿，不然可能会有人以为他和我是朋友。

我自己也写下了一些笔记：

如果大人们想带着孩子去参观，博物馆就是一个好去处。但那些连步子都走不稳的小小孩则应该被禁止入内。这里不欢迎两岁的孩子，尤其是双胞胎那种。如果您要带蹒跚学步的孩子到布莱顿玩，可以带他们去戏水池，记得一定给他们带上换洗衣物。

夏尔玛老师在我肩膀上方靠过来，看到了我的笔记。

“也许，你可以不要总是发牢骚。”她说。

◎午餐

我们在餐厅吃午餐。

“你的三明治是不是形状像猫一样？”梅森问。

"没错。"

"哇！谁做的？你外婆吗？"

我点了点头。

"她在里面放了鸡蛋和果酱吗？"

他环顾四周，希望有人会表示感兴趣。但周围的人都无视了他。他们都在忙着看大家带了什么午餐，看谁的伙食最好。（当然不是我。）

"好啦，"我们吃完饭后，夏尔玛老师说，"每个人把自己的垃圾扔到垃圾桶里，然后你们还有一个小时的时间去继续探索博物馆。我们下午两点在门厅集合，然后走路回学校。"

"你要去哪里参观？"梅森问。

"我要去看相机。"我说，"因为米米以前是摄影师。"

"真的吗？"

"对。"我说，"我长大以后，可能也会成为一名摄影师。"（我是在炫耀，我实在忍不住。）

"我也要去。"梅森说。然后他就开始跟着我走了。

◎老相机

有的老相机比人还高，有的已经一百岁高龄。你永远不可能把这种照相机放进口袋里。以前，人们拍照时必须站着不动才行，摄影师还要在自己头顶上方遮上一块黑布。我正在思考，现在这些设备是怎样做得那么微型，小到可以装进一台手机内部。这时，梅森跑来拉住了我的袖子，说：“我刚刚在一部影片里看到你了！”

“什么？”

“快！”他说，“跟我来！”

他把我拖到一个小型剧院，里面装着红色座椅和天鹅绒窗帘，还有一个放映老式电影的小型屏幕。他超级兴奋的样子。

“你得等一会儿，”他说，“这里的影片是循环播放的。”

我们并排坐了下来。

屏幕上正在播放一部黑白影片，里面有一个男人穿着老式条纹泳衣，搭配长款的短裤和袖套，踏着浪花走进海里。影片画面的一角写着“布莱顿海滩，1906 年”。有一群女孩在海里划桨，她们穿的好像是某种裙装。孩子们在沙滩上玩耍，也穿着过去那些款式的衣服。然后，影片播放到了不同的时间段，逐渐变成了老式的彩色画面，一切看起来都更明亮也更模糊了。画面角落里写着“西码头，1954 年”。这是被烧毁前的西码头。有三个人站在码头的尽头钓鱼，其中一个转过身来，对着镜头微笑。有小孩子站在他们旁边，吃着冰激凌。他们挥了挥手。

“快看！”梅森说，“你要出场了。”

镜头里是那个有螺旋形滑梯的灯塔。孩子们穿着短裤和羊毛套头衫，正在台阶底下排着队，挨个儿爬上去，又滑下来。他们对着镜头挥手，跑来跑去。一个穿蓝色套头衫的男孩滑到了底部，对镜头眨了眨眼，又跑得没影儿了。

然后就是那个女孩了。她和我差不多年龄，一头红头发，穿着绿色连衣裙和黄色开衫。她以非常快的速度从滑梯上滑下来。她滑到底部时，用脚重重地踩了踩地面，看着镜头微笑。镜头定格，给她的脸一个特写。那真的就像是我的脸一样。就是我的脸。而且，她的牙齿之间也有缝隙，和我一样。

“我不太理解，为什么会有人长得跟我一样？”我说。

“我想，这说明你是个幽灵。”梅森说，“等等，那个女孩还会再出现的。”

我们又等这部影片循环了一遍。我们等到了 1954 年的西码头，看到了那些钓鱼的男人，那些吃冰激凌的孩子们。然后，我们看到玩滑梯的孩子，看到那个穿蓝色套头衫的男孩滑了下来，然后就是那个女孩。我就像是在看自己，一个穿越到了另一个时代的自己。我一点儿也没有夸张。想象一下，你看到自己穿着旧款式的衣服，坐在码头上灯塔的底部。而那座码头实际上在你出生前几年就已经烧毁了。她的红色头发、有缝隙的牙齿都和我一模一样。这实在是让人困惑。

“那是你的幽灵。”梅森说，“或者，你才是幽灵，而那个女孩才是真正的你。”

他在座位上跳上跳下。

“你可能从码头上掉了下去，现在你又变成鬼魂回来找我们了。”他说，“你回来是想找到那个把你推下去的人。”

如果他是一只狗，现在肯定已经流起了口水。不管他是不是，他现在都已经快流出口水了。

我吐了吐舌头。

他耸耸肩：“我现在知道你为什么这么古古怪怪了。”

我们把这部影片看了一遍又一遍，每次那个女孩从滑梯上滑下来时，她看起来都和我一模一样。我们足足看完八遍以后，我打算去找工作人员，可能有人了解这部影片的情况。梅森紧跟着我，一个戴着徽章的女人站在楼梯顶上，她正在和一个男人说话。那个男人带着一个还在蹒跚学步的孩子，他们在找厕所，这个小孩儿正站在一个小水坑里。他们匆匆离开以后，这个女人才转头跟我说话。

“有什么需要我帮忙的吗？”她问。

“您知道那部影片吗？那部有孩子在玩滑梯的影片。”我说，“影片里的景象都是真实的吗？”

"没错，是真实的。"

"是找现在的小孩儿去演的吗？"

"不是，这里是历史博物馆。那是历史纪录片。"

"影片里的那些孩子现在在哪儿呢？"我问。

"他们现在应该都长大了。"她说，"那是 20 世纪 50 年代的画面了。"

"他们也可能死了。"梅森说。

她点点头："也可能死了。"

梅森耸耸肩："我要去商店了。"

他消失在拐角处。然后这个女人说："他真是一个无忧无虑的孩子啊，对不对？"

我盯着她看了好久，希望她还能说点别的。但她却注意到了水坑。

"还有什么别的事情需要我帮忙吗？"她说，"如果没有了，我得去找个拖把啦。"

"没事了，谢谢。"我说。

◎塑料鸭子

博物馆的商店很小，哪怕站在原地不动，你都可以伸出手就拿到任何东西，但梅森却还是想方设法在里面乱转。他不停地拿起一些东西看看，摆弄一番，再放回去，他还总会撞到什么东西。服务员的目光总是跟着他跑，担心他会搞坏什么东西。

“你想买些什么？”我问。

“我想买弹珠。”他说，“但都已经卖光了。所以我不知道现在是该买卷笔刀套装还是橡皮套装。”

“你现在需要哪个？”

“都不需要。其实，我两个都有了。”

“那你就别买了啊。”

“但我有三英镑呢。”他说。

他拿起一只塑料鸭子挤压起来，它嘎嘎地叫。

“小婴儿才要玩这个呢。”我说。

我的眼神飘出了窗外，顺着小路往下。我看到外面路上停着一辆冰激凌车。

“去买个冰激凌好了。”我说，“或者两个也行，我们俩每人一个。看在我们俩在一起玩的分上。”

（我没带钱。）

“好吧。”他说。

我跟着梅森走出博物馆。我们穿过金属大门，来到人行道上。我太兴奋了，忍不住停下脚步，跳了一小段舞。夏尔玛老师没有注意到我们已经出来了。她还在努力寻找另外一个孩子掉落的硬币。她在地板上，手脚并用地搜寻着。那些来做助手的家长要么在批评孩子，要么就是自己在玩手机。

那个卖冰激凌的人正在用马克杯喝茶。他看起来百无聊赖又很冷淡。毕竟已经十月份了，没多少人会想吃冰激凌。

“一个圆筒冰激凌多少钱？”梅森问。

男人扬起眉毛，指着标价板说：“三英镑。”

“冰棒只要一半的价钱，你可以买两根。”我说，“我们就可以每人一个了。”

梅森摇摇头：“我不喜欢冰棒。我想吃冰激凌。”

“我可以用一个冰激凌的价格买两个冰激凌吗？”他说，“你看，现在夏天已经结束了。”

男人摇头说：“不行。”

“哦，好吧，”梅森说，“就当我没说过吧。”

他选了一大勺香草冰激凌，装在圆蛋筒里面。然后，他把蛋筒的底部掰下来，做成一个非常小的蛋筒，给我舀了一点点冰激凌放在上面。这点儿分量，哪怕对一只肚子还没咕咕叫的老鼠来说，都是不够的啊。

“我真是谢谢你了。”我说，“才怪。”

“别客气。”

这点东西一舔就没有了。所以，我把这个冰激凌整个儿放进了嘴里。我正在吃着，夏尔玛老师冲出了博物馆大门。

“艾瑞丝！梅森！我有说过你们可以从博物馆出来吗？”

我们摇摇头。冰激凌从梅森蛋筒底下的洞里滴了下来，滴到了他的鞋子上。

“你们得到允许去买冰激凌了吗？”

我们再次摇头。

“现在，进去！”她喊道。

她简直是怒发冲冠了。

“但我还没有吃完。”梅森难过地说，他看起来就像要哭出来一样。

我几乎可以听到，夏尔玛老师的大脑都已经烦躁得嗡嗡作响。她想知道究竟怎样做可以让场面不这么混乱——从梅森那里拿走滴滴答答的冰激凌，还是干脆让他吃完算了？

“好吧。”她说，“艾瑞丝，你回来吧。梅森，你得站在我能看到的地方，吃完冰激凌。回学校以后，我再好好收拾你们两个。”

她让梅森站在博物馆商店的橱窗外面吃完冰激凌。全班同学都从室内看着他。他看起来一点儿也没有享受到冰激凌的美味，这可能是他吃过的最难吃的一个冰激凌了，但我只能说他罪有应得。如果他给我们每人买一根冰棒，我们就会一起站在那里吃，那也绝对不会尴尬到丢人现眼的地步。

“老师甚至还批准他吃一个冰激凌？为什么？”有人问。

大家都很不高兴。

在回学校的路上，梅森只得跟夏尔玛老师一起走在队伍的最前面。而我则只好和那个一刻不停看手机的家长助手一起走在后面。我想如果我变成一只海豹，甚至拍打她的脚踝，她都会浑然不觉。

我试着发出了几声海豹的叫声，只是想看看结果如何。结果，什么都没发生。

我们回到学校后，我和梅森必须坐在不同的角落（这实际上也堪称一种解脱），完成我们的写作任务。其他人都在讨论着这次出游。梅森整个过程中都没有看我一眼。

下课铃一响，他就冲出了教室。

“你知不知道，你的鞋子上沾了冰激凌。”他从我身边挤过去时，我告诉他。

“我知道。”他说，“我真希望我买下的是那个塑料鸭子。”

◎玉米片

我每次回到家时，总会大声打招呼。如果米米不在家，我就会向房子、海鸥甚至托马斯打招呼。这样一来，我在走进家门之前，就仿佛已经到家了一样。这一次，当我喊出“你好”时，托马斯翘着尾巴跑了过来，表现得异常友好。

（这可是很少见的呢。）它在我脚边跳来跳去，发出咕噜咕噜的声音。

米米在沙发上睡着了，身边放着一盒照片。我亲了亲她的脸颊，她睁开了双眼。

“丽纳？”她说。

“是我，艾瑞丝。”我说，“我刚从学校回来。”

“哦，”她说，“你今天过得还好吗？”

“挺不错的。我们去了博物馆。”

“那肯定很开心。”她说，“你吃过午饭了吗？”

“吃了芝士三明治。”我说，“是你做的三明治啊，你记得吗？你把三明治切成了猫的形状。”

她揉了揉眼睛：“是我做的吗？”

“是的。你把面包切出了猫的形状，我早餐吃的是面包皮。”

她点了点头：“那你吃过午饭了吗？”

我没有回答。现在的情况就是，我不知道还值不值得再说一次。又或是，我继续解释只会让一切变得更复杂？我想这有点儿像夏尔玛老师和梅森的冰激凌。对她来说，让他在外面吃完冰激凌，比直面问题并且去解决要简单得多。

“不如，你多睡一会儿吧？”我说。

她闭上眼睛，我蹑手蹑脚地出去了。托马斯跟着我进了厨房。装水果的碗里放着两个用箔纸包着的土豆。我旋开了烤箱的开关。

托马斯不停地喵喵叫，在我的腿上蹭来蹭去。我想我更喜欢它对我爱答不理的样子。然后我注意到它的碗里盛满了玉米片。如果碗里还放了牛奶，它可能还不会介意，但现在只有干干的玉米片。我把玉米片倒进垃圾桶，在碗里装满了猫粮，它很高兴。其实，它简直可以说是高兴得要飞起来了，然后便开始完全不搭理我。我们又恢复到了以往的相处状态。

◎电影中的女孩

我没有跟米米说起纪录片里那个女孩的事，因为这背后的道理根本就说不通，而且她肯定会很困惑。但我跟她说了我看到的那些旧相机，她试着跟我解释相机的工作原理（这很复杂）。摄影就是关于光影、镜头、胶片和变魔术的纸张。

不过，我把电影中那个女孩的事告诉了海鸥（通过心灵感应的方式，以防梅森听到）。她歪着头看着我，好像在说“生活就是很诡异的啊”。

我想睡上一觉的时候，那个女孩就会浮现在我脑海里，她的样子萦绕不散。她对我微笑，还对我挥手。这真是一团迷雾。她和妈妈一样有一头红发，但她的年龄算起来也太老了，不可能是我的妈妈。而且，她的头发颜色和米米也不一样。但无论她是谁，她整个夜晚都在陪伴着我，一直出现在我的梦境中。

◎米米的备忘录

九、和你住在一起的女孩叫艾瑞丝。丽纳是艾瑞丝的妈妈，她现在已经长大了。丽纳已经二十五年没有穿过校服了，因为她早在二十五年前就从小学毕业了。

十、如果你给艾瑞丝做了午餐三明治，那么艾瑞丝午餐吃的就是三明治。

十一、猫不喜欢玉米片，尤其不喜欢没有加牛奶的干玉米片。

◎我的备忘录

二、梅森真是不可信任。他很贪心。

CHAPTER 07

◎狗狗

罗拉和邦尼是救援犬。

罗拉头上的毛发是淡黄色的，很长，遮挡着它的眼睛和耳朵。它总是吐着粉红色的舌头。当它刚搬进李和丹尼家里时，它非常紧张，一直蜷缩成一团，想让别人看不到它。（这其实没用，它体形庞大。）但现在，它可以说是你见过的狗里最快乐的一只。它总是在四处溜达，一头长发随风飘扬，就像在给狗狗用的洗护用品做广告一样。

邦尼则完全相反。它体型小巧，毛色是棕色和黑白相间的。它长着一张可爱甜美的小脸，一双棕色的眼睛闪闪发亮。它头上的毛发很短，小耳朵总是在抽动着，尾巴喜欢左右摆动。它就像一个发条玩具，而且总有人给它紧一紧发条。

邦尼真的很爱罗拉。它总是在耀武扬威，试图引起罗拉的注意。下雨时，它会躲到罗拉的身体下方，尽管水还是会顺着罗拉的外衣流下来，邦尼还是会慢慢变得透湿，但它并不介意。我觉得这是因为这样让它很有安全感。

但有趣的是（这其实也算是我不走运了），罗拉和邦尼简直可以说是全世界最友好的两只动物，但它们对面却住着世界上最小气的动物之一（托马斯）。因为，托马斯应该是你见过的猫里最凶的一只。我搬进来时，它一直坐在我的卧室外面，喵喵叫个不停，还会用爪子来挠门。（我想它是想把自己的床要回来。）现在它则是完全无视我。如果只有我和托马斯住在一起，我会认为我都成了透明人。

托马斯对罗拉和邦尼尤其糟糕。有一次李被锁在家门外，当他回过神来，他想到米米这儿还保管着一份他的备用

钥匙。就在米米找钥匙的时候，托马斯站在厨房门口，弓着背，对罗拉和邦尼发出嘶嘶声，好像在说“你们有没有胆子再靠近一点儿”。有趣的是，罗拉只是耸了耸肩，在大厅地板上伸了个懒腰，而邦尼则躲在它身后，小耳朵不停抽动。毕竟，托马斯看起来很吓人。如果它在我的卧室里那样做，它就可以夺回它的床，而我就只能睡在它的窝里啦。（幸好它不知道我这么怕它。）

不管怎样，米米一直在寻找钥匙，仿佛要找到天荒地老。狗狗们都在大厅里等着，李坐在厨房的桌子旁，身处他自己那一圈静止的空气里。我也在等待着。

“真是不好意思。”我说。

这确实有点儿尴尬。

李笑了笑：“没问题的。我难道还有别的什么地方可去吗？”

我不确定他想表达什么，所以我给他泡了杯茶。然后我说：“你说的别的地方是什么意思呢？”

“这个啊。”他说，“我难道宁愿去别的地方，也不愿在这里等吗？这是一个很舒服的地方啊。”

而且，看上去他明显也不介意等着。如果世界发生意外，出乎意料地静止了几个小时（甚至永远如此），看起来他也一点儿都不会介意。

米米下楼了，她跑进厨房说：“我好像听到水壶烧开的声音了！”她忘记了钥匙这回事。

但我马上对李使了个眼色，他说：“别担心，丹尼很快就会下班回家的。不用着急。”

于是他就这样等着。他给我们讲了一些关于狗狗的趣事。然后他在客厅给我们展示了一些瑜伽动作。米米摔倒了，因为沙发和托马斯睡觉的窝之间所剩的空间很狭小。这真是很好玩，我很高兴李必须在这儿等丹尼回家，我甚至不知道为什么我一开始还担心他会不耐烦。因为，其实我们全都不赶时间。

当丹尼来接李时，米米说：“嗯，你来我家，真是又惊喜又愉快。你一定要经常来喝茶啊。”

然后，谁也没说她的话有多么奇怪，甚至都没有人拉下脸来。罗拉和邦尼一看到丹尼就马上扑到他身上，迫不及待地想要从前门跑出去。

◎整理房间

阳光从厨房窗户照进来，一片闪闪发亮。托马斯在厨房的椅子上睡着了，身上沐浴着一小圈阳光。海鸥在棚顶上鸣叫。

米米在整理房间。我坐在桌旁吃吐司和蜂蜜，与此同时，她在一条接一条地举起擦拭杯盘用的洗碗巾。如果我喜欢这条，我就点头，米米就会放回抽屉里。如果我摇头，这条就会被装进袋子里捐走。

我希望她留下上面印着小狗图案的那一条，还有印着恐龙驾驶宇宙飞船的那条，但我不想要那些印有食谱的（那样的内容很无聊）。

米米的这些洗碗巾简直成百上千。她的袋子都快装满了，但她还有很多没有装呢。

“你怎么能有这么多条洗碗巾？”我说，“你很喜欢洗碗吗？”

她笑了：“也算不上特别喜欢。我各种东西都囤积了很多。”她的眼镜开始从鼻梁上滑下来。

“当我还是个小孩的时候，我的东西很少。”她说，“从那时起，我就什么东西都不想扔掉了。”

“你的童年是怎么过的？”我问。

“嗯……”米米说，“我对父亲没有什么印象，但我的母亲做了很多份工作，我对这个记得很清楚。我最喜欢她在西码头海洋餐厅当服务员的那个时候。我以前放学后就会去那里玩。厨房的工作人员会给我薯条吃，在码头尽头钓鱼的人会给我鲭鱼，算命师还会假装给我算命呢。”

“你怎么知道她是在假装？”

“因为她每次算的总是不一样。有一次，她说我会生五个孩子，有一次又说我会和二十只猫一起生活，还有一次她说我会在农场度过一生，还说过我会成为一名水手。我觉得她把这当成了一种很好的放松方式，不需要太严肃。”米米笑着说，“有趣的是，她告诉我什么我就信什么。我觉得一切皆有可能。”

米米从架子上拿下一个吃鸡蛋用的蛋杯，戴着眼镜仔细观察。然后她把蛋杯放进了袋子里。

“等一下，”她说，“我给你看点东西。”

她匆匆走出厨房，几分钟后拿着一张黑白照片回来了。上面有一个穿着围裙和戴褶边帽子的女人，她在大笑，旁边还站着小女孩。但小女孩正在起跳，因此没有对上焦，有点儿模糊。

“这是我和我妈妈，”米米说，“我们在西码头的餐厅里。”

米米的妈妈和她长得说像也像，说不像也不像。但她们在一起的画面看起来温馨得完美。不知道为什么，我真的很想紧紧地拥抱米米。所以我就抱住了她。她的眼镜又从鼻子上滑落下来。海鸥在外面叫了十二声：基亚、基亚、基亚、基亚、基亚、基亚、基亚、基亚、基亚、基亚、基亚、基亚。

◎捡垃圾

梅森对自己担任生态代表一职的事非常看重。他设立了一个轮班制度来让大家打扫操场。他还想禁止大家把塑料瓶带进校园。现在他要去海滩捡垃圾了。即使他真的很烦人（而且还有点儿让人尴尬），我也还是要去。

他太兴奋了，一路奔跑着来到海边，这意味着我也得跑起来才行。我们在路口等红灯的时候，他就开始蹦蹦跳跳了。我们都带着园艺手套，还拿了一个黑色袋子。他已经把手套戴好了，现在他正在挥舞着他的袋子。

“我好奇我们会找到什么。”他说。

“垃圾？”我说。

“没错。但是，会找到什么样的垃圾？还有什么其他可能吗？我们还可能找到宝藏呢，因为海浪可能把金子冲到沙滩上。”

“真的吗？”我说，“你真是这么想的吗？”

他耸了耸肩：“这也是有可能的。”

我意识到，我们期待的是完全不同的事情。我想我们会找到塑料瓶、旧易拉罐和薯片的包装袋，而梅森认为他可能会发大财呢。

绿灯一亮，我们就跑过马路，跑下斜坡，然后跑到了海滩上。天地都雾蒙蒙的，大海和天空都是一片灰色。风力发电田完全看不到了。海滩上几乎空无一人，只有几个戴着帽子又穿着外套的人在眺望着大海，还有人坐在咖啡馆外的塑料椅子上。海鸥在西码头上栖息。

梅森就像一只寻找骨头的狗狗一样。他跑过大石块，抓起垃圾就塞进袋子里。三只海鸥在他头顶上飞来飞去，想弄清楚他到底在做什么。从天上的角度来看，他的举动肯定让人感觉困惑。他从坐在桌旁的一位女士手中抓过一个纸袋，里面还掉出了一根薯条。

“哎呀！”她喊道。

“抱歉！”梅森话音刚落，就开始继续跑。

我们发现了塑料袋、瓶子、纸杯、塑料盖子、啤酒罐、糖果的包装纸、牙刷、钢笔、旧报纸的碎片、玩具恐龙和缺齿的梳子。所有这些都可能让某只海鸥卡住喉咙，或是被冲刷到海里然后被吞进鱼的肚子里。

“对了，”梅森说，“还有薯条。”

◎假牙

躺椅上的那位女士也让我们坐在躺椅上。我并没有感觉到多舒服，但这个动作会让你觉得自己受到了某种款待。我们各自拿着一袋薯片，我们都紧紧地抓着袋子，很怕海鸥会从我们手中抢走。天下着小雨，滴答滴答地敲打着海滩上的小石头。

“你知道你外婆会跟月亮对话吗？”梅森说。

“不，她才没有呢。”

他傻笑了一声。

“她确实会。”他说，“我见过她这么做呢。”

（每次我认为他可能是个正常人时，他都又会提醒我，他其实相当烦人。）

“我才不信你说的话呢。”我说。

他耸耸肩，然后拿起一块薯片，抛向空中，用嘴接住。他真是个爱显摆的人，我假装没看见他的这些动作。

“我有没有告诉过你，我爷爷弄丢了牙齿的事情？”他说。

我摇摇头。

“好吧，”他说，“他当时穿着短裤和背心，坐在安吉商店后面的花园里。”

“为什么？”

“因为当时是夏天啊，嗨呀。然后他把牙齿放在了茶杯旁边的桌子上。”

“你说的牙齿，是假牙？”

“没错，爷爷全都拿出来了。上牙和下牙。你想知道后来发生了什么吗？”

我耸了耸肩。（我不确定我有没有真的做出这个动作。）

“反正，”他说，“他就那么小睡了一会儿，然后一只海鸥偷走了他的牙齿。”

“那可糟了！”我说。

“海鸥叼着牙齿，飞到大海那边去了。爷爷再也没机会找回牙齿了。”

他开始大笑，然后被一根薯条呛到了。看起来，他的眼睛好像都要从眼眶里蹦出来了一样。我重重地拍打他肩胛骨中间的位置。我真的（老实说，是真的）不想对梅森进行海姆利克急救法[1]。薯条从他的嘴里弹了出来。一只海鸥俯冲而下，叼着薯条飞远了。

于是我们都开始笑了起来，简直笑得停不下来。我希望躺椅不会被我们笑塌。

“我想，”梅森终于可以喘口气了，“我可能会在海滩上找到爷爷的假牙呢。”

“你傻了吗？”我说。

我们一直在笑，但一想到梅森的爷爷穿着短裤和背心，眼睁睁看着一只海鸥叼着自己的假牙飞走，这个画面也让我感到几分难过。从梅森的表情里，我可以看出他也有同样的

---

[1] 若有人被异物阻塞气道导致窒息，海姆利克急救法可以挽救其生命。

感受。

◎笑脸表情

我回到家以后才意识到浑身上下有多冷。我真的很想洗个澡，但如果冲个冷水澡的话，那又实在太可怕了，所以我没洗。(你也可以说，我对这世上所有的水都敬而远之。)

我给爸爸发短信：“你能修好米米的淋浴器吗？如果修不好，我可能再也没法洗热水澡了。”

他回了个笑脸表情。他可能在等妈妈回家，这样他就可以处理我的卧室那些潮湿引起的霉菌了。还有一种可能，他正打算让双胞胎泡个澡。泡个热水澡。

CHAPTER 08

◎龙卷风

我妈妈喜欢把一切都打理得井井有条，可能正因为这个，她现在住的那栋摇摇欲坠的房子会让她变得脾气暴躁。她是医生，所以她总是忙着拯救很多人的生命，这也可能是她永远无法停下来喘口气的原因。即使在家里，她还是满脑子只想着工作。只要她一张嘴，就会蹦出一些关于工作的话。她简直是全世界最紧绷的人。

我甚至不知道为什么她还会要我去做白日梦。只要她在身边，我永远不可能做白日梦。你根本没法做梦。只要你跟她在一起，她就会不停给你下指令，或是对你提出问题。她说这些的时间通常是十秒钟左右，从来不会超过一分钟。有时候，我的当务之急就是引起她的注意。

“你做完你的作业了吗？”

“家长座谈之夜是什么时候？”

“你的袜子呢？”

“我在你的铅笔盒里放了一块橡皮，以备不时之需。”（其实我都有两块橡皮了。）

“我们得带你去看牙医。”（我一个月之前刚去看过牙医，而且那会儿我的牙齿状况还很不错。）

这就像是，我头顶上有龙卷风在呼呼作响。

爸爸说房子的外部结构快要倒塌了，但我认为内部也不太牢固。爸爸认为天气是罪魁祸首，但我认为是住在里面的人有问题。他们制造了太多的噪声和忧虑之情。一切都让房子不堪重负，与风雨交织在一起袭入房子内部。房子可能想倒塌下来，变成一堆废墟，然后彻底忘记一切（我知道我有时真有这样的愿望）。

到了夏天，妈妈已经受不了了。她收拾了一个箱子，说：“我要搬去和米米一起住。”她走出门，留下爸爸和我。我俩大张着的嘴，简直能飞进一大群苍蝇。

“嘿！”爸爸说，“我们最好还是先喝杯茶吧。”

他看起来就像一个被木板击中了的卡通人物，我感觉此刻他的头顶上应该围绕着跳舞的小星星才对。因为我们饿了，他不得不泡茶，但我想他更愿意和双胞胎一起玩“我们都是木头人”的游戏，或者干脆爬到桌子底下，在那里至少躲上一个星期。这简直尴尬。

我翻了个白眼。当爸爸忘了拉上拉链，或者当他明明只有一个鸡蛋要煎，却又在厨房里假装自己忙得不行、变得很专注时，我也会这样翻白眼。珀尔和诺亚也有同样的感受，只是他们还不敢翻白眼罢了。所以，他们会用一种有趣的姿势来摇头。

总之，妈妈在米米家住了一晚就回家了。四个星期之后，我搬进了这里。

◎海里满是漩涡

我和梅森又来了跳蚤市场。梅森四处跑来跑去，他口袋里的硬币轻轻晃动着。我在逛那些摊位。

“你觉得怎么样？”他向空中举起一颗弹珠，“你不觉得这就像是一艘船吗？正在波涛汹涌的大海上航行！”

的确如此。大海里满是绿色的漩涡，映照着灰色的天空，中间有一个像船一样的小黑影，被海浪层层围绕着。

“弹珠里就像另有一个完整世界一样。”他说，“这就是我这么喜欢弹珠的原因。”

我点了点头。其实我感觉有点儿无聊。我来这里，主要是因为我想去糖果店。

“顺便再说一句，这种弹珠名叫龙卷风。”梅森说。

我再次点点头。然后我看到了他的手腕。我在心里发出一声小小的尖叫。

“那是什么啊？”我说。

“你是说这个吗？”梅森说。

他晃了晃手臂，一条手链从手臂上滑落。那根绳子上串着红色的木制珠子、金属珠子和绿色的锡制口哨。

“这是给我妈妈的。”他说。

我强忍着不让自己的情绪爆发。

“这是米米的。”我说，“你明明知道是她的。你从米米家里拿走了这个。”

“我不知道你在说什么。”他说，“这是我跟弹珠一起买的。”

“还给我！”我说。

我试图抢走手链，但他把手藏到了背后。

“这是我的。”梅森说，“我在那边买的。买两样东西只要五十便士。所以我买了这个，打算给我妈妈。”

他指着一个站在摊位后面的女人。她戴着一顶有羽毛的帽子，向我们挥了挥手。

“甚至可以说，我从来没有去过你外婆家里。”他说，“我只去过厨房，因为你从来没有邀请过我。还因为你想等到上初中以后再交朋友，你只是在找到更好的朋友之前想跟我打发时间罢了。”

他听起来很沮丧，我脑子里响起了一个微弱的声音：也许他说的是实话。

“问题是，”我说，“不可能有一模一样的手链。这是米米的爸爸亲手给她做的。这是独一无二的。”我的声音开始沙哑起来。

“好吧，那她应该不会捐掉这条手链，对吗？”梅森说，“既然这条手链这么特别。”

如果说是米米自己不要手链的，这真是个糟糕透顶的猜测。我不知道该说什么了。要么是梅森在撒谎，要么是米米的确把自己最珍贵的东西捐了出去。这两种可能性都很可怕。

梅森从手腕上摘下了手链，递到我手上：“反正我妈妈也不会想要这个的。这是没人要的垃圾。我选了这个，纯粹只是因为那儿没有别的东西可选了。”

“我会把钱给你的。”

他耸了耸肩：“你知道吗，你真是一个可怕的人。我觉得，你可能是我见过的最可怕的人。”

然后他就走开了。就在这一瞬间，我相信他并没有偷手链。而我此刻心里真是非常、非常不好受。

◎来来回回走动

我们没有去成糖果店，我们打道回府了，一切仿佛都变质了。梅森气昂昂地走在前面，我紧跟在他身后。我试着不踩到路面的裂缝，但当着急忙慌时，却又很容易踩到。手链在我的手腕上发出一阵阵刺耳的响声。

“我要不要告诉米米我们是在哪里找到手链的？你觉得呢？”我说。

我想象着米米在找手链的样子，她在楼梯上来来回回走动，肯定会感觉头晕目眩。

“也许她不想要这个了。”他说，“也许正因为不想要了，她才把手链捐走。”

“她绝对不会不想要的。这是她最心爱的东西。”

“好吧，她确实会做一些奇奇怪怪的事情。”他说，“跟我爷爷一样。”

我想起他的爷爷，穿着短裤和背心，眼睁睁地看着海鸥叼走了自己的假牙，我开始真的心烦意乱起来。

“她和你爷爷一点儿也不像。”

“你怎么知道？你又没有见过他。而且，你永远不会见到他。而且，你再也不会来糖果套间了。”

“我本来也不想去。”我说，“因为你真是太爱炫耀了。如果你不介意的话，我还要说——也许你不应该给店里的客人展示你的牙齿，哪怕你从来没补过牙。他们当时都吓得退了一步。”我知道他会介意。

梅森看起来很沮丧，我希望我什么也没说过。他走在我前面，我想象他板着一张脸的样子。

他在余下的路途上也还是一言不发。我非常努力不让自己说出任何惹人讨厌的话，甚至不让自己去想任何烦人的事情。

“谢谢你找到了手链。”我们到家时，我这样对他说，“米米会很开心的。”

“随便吧。”他说。他的脸好像在发烫，他看起来很难过。

他走回自己家里，关上了门。我感觉糟透了。我拿到了米米捐出去的手链，但我对自己唯一的朋友恶语相向了。因为我想，梅森可能也算得上是个朋友吧。算得上。

◎无数条皱纹

米米在厨房里削土豆皮。我对着她伸出手腕，她的脸上仿佛有一朵乌云飘过。

“我一直说要你别把手链拿出来。”她说。

“我没有拿出来。”我说，“这是梅森在跳蚤市场找到的。他买下来的，花了五十便士。”

她的脸皱了起来，出现了无数条皱纹。她把一个土豆放进锅里，然后用手捂住了脸。

“你是说，我把手链捐了出去？”

我以轻微的幅度耸了耸肩，这样她就可以假装没看见了。然后，我摘下手链递给她。她把手链拿到了客厅，捧在手里，就像捧着一个等待孵化的鸡蛋一样。然后她尖叫起来。

“艾瑞丝！”

我跟在她后面跑进去。她站在壁炉台旁边，两只手各拿着一条手链。她的头微微摇晃起来。

“看！”她说，“有两条手链！”

我从她那里拿起这两条手链。老实说，我一拿到手里，就马上分不清楚哪个是哪个了。他们都有五颗红色的木珠子、三颗金属珠子，一只绿色哨子，都是用一根绳子串起来的。

“怎么会有两个？”我说，“这是为什么？”

米米也摇头：“我不知道。”

我们走到床边，举起手链，在手中轻轻转动、观察，想看看能不能找到些许不同。然后我们找到了——这条新来的手链上，有一颗木珠子上雕刻着“CB”两个字母。

“是科拉尔的！”米米尖叫起来，“科拉尔·巴特沃斯[1]！这条手链肯定是我父亲在科拉尔出生后手工制作的，这是她

[1] 科拉尔的全名是Coral Butterworth，缩写是CB。

的！”

我看了看壁炉台上的照片，又看了看小女孩的手腕，想看出她是否戴着手链。但是，照片尺寸太小，我看不出来。米米也看不出来，所以我戴上了她的眼镜想再试一次。你可能觉得我戴上她的眼镜以后就会有超人的视力，但事实却并非如此。我立刻开始头疼，眼前的一切都失去了焦点。

“没关系，”米米说，“重点是，两条手链已经团聚了！”

她跳起了简单的舞步，我也跟着跳起来。我很高兴米米没有把手链捐出去。她和梅森的爷爷一点儿也不像。她的状态好着呢。

“好啦。”米米说，“现在快告诉我，你是从哪儿弄来手链的？”

◎快乐

我们跑出家门，就像两个五岁的孩子一样雀跃。是的，这场景很尴尬。是的，当我们走到街道的尽头时，我还忍不住停下了脚步。但是，过了那么一小会儿，我开始感觉自己并不在乎尴尬这回事了。我们各自戴着手链，它们在我们的手腕上发出声响。海鸥也很高兴，她在屋顶上叫了十二声，然后开始沿着我们前面的道路飞行。

市场快要关门了。而且，还开始下起了淅淅沥沥的雨。那个帽子上插着羽毛的女士正在把她的东西依次装进一辆面包车。

“打扰一下。”米米说，“你还记得这个是哪里来的吗？”她伸出了手腕。

“噢！”这个女人说，“那条有趣的小手链啊。没错，一个男孩早些时候从我这里买走了。它本来是装在一盒修理工具里面的。”

“我们还有一条一模一样的！”我说，然后亮出了我手上的。

“很好看。”女人说。

她对这件事不怎么感兴趣，她只想赶紧收拾自己的东西。

“你最开始是在哪里拿到的？”米米说。

“不知道。可能是拍卖，可能是清仓甩卖，或是某家慈善商店。有时候，还会有人给我送来各种东西。”

“我们能看看最开始的那个盒子吗？”米米说。

“好吧，如果你一定要看的话，亲爱的。”女人说，“请稍等。”

她在桌子底下翻来翻去，然后拿出了一个破旧的小纸板箱。上面的标签已经被撕破了。

“这里面应该只剩一点儿小工具了。”她说，“我本来打算下次再摆到摊位上的。”

“我可以买下这个盒子吗？”米米说。

“当然了。”女人说，“给我一英镑，这盒子就是你的了。你不想打开看看里面吗？”

米米摇摇头。雨已经越下越大了。她拿出了一英镑，动作很缓慢，因为她得把所有的硬币一个个地拿出来，放到那个女人的手里。这真是一个尴尬的场面。但这个摊主似乎并不介意。可能米米以前给她拍过婚纱照吧。

我想检查一下盒子里面是什么，但米米想直接回家。她把盒子抱在胸前，弯着腰不让盒子淋湿。我想象着，里面可能有各种各样的东西——也许是科拉尔的照片、信件和玩具。我实在太兴奋了，一直在前面奋力奔跑，然后又必须停下来，等米米赶上我。

我们到家刚打开前门，就看到托马斯跑过走廊，在米米的腿上蹭来蹭去。

“这是谁家的猫？”她说，然后把它从腿上晃了下来。

我假装没听见这句话。

◎渔船

我们在盒子里找到了这些东西：

六个小袋子，里面装着老式的木制工具包，是用来制作飞机模型的。

一条小木船，红色的油漆已经褪色，船帆上挂着已经磨损了的绳子。

就是这些了。没有照片和信件，也没有玩具。这有点儿让人失望。

“你觉得，为什么科拉尔的手链会在里面？”我说。

“我不知道。”米米说，“但我拿到了手链，就已经很棒了。你记得要感谢你的朋友。”

“其实，我对他挺糟糕的。”我说，“我当时以为，是他从你那里偷了手链。”

米米抬了抬眉毛：“我很惊讶他居然没对你发火。真的。”

我感到一阵羞愧。

“我们可以给他做个蛋糕，然后邀请他过来吗？”我说，“然后再把五十便士还给他？”

“好办法。”米米说，“我们也可以把飞机套装和渔船送给他。除非你很喜欢这些工具。”

“我想要一些飞机套件。”我说，“但梅森也可以拿一部分。我可以给他那艘渔船。”

“没问题。”米米说。

◎我有个妙招

我有一个妙招。不论是在学校，还是用于和家人朋友相处，这一招都非常管用。可以说是任何情况都管用。是什么呢？就是当我内心产生某种情绪的时候，我可以让自己以另一种情绪的面貌出现。所以，有时候我会扬起一边眉毛，就像是个试图解决问题的科学家一样，而实际上我心里在想布丁会是什么口味。我还可以让自己看起来很喜欢和双胞胎玩游戏，而其实我满心都希望他们快点上床睡觉。我这样做的时候，爸爸可以看出来。但我不确定妈妈有没有注意到。

现在我可以对米米微笑，假装一切都很好。但实际上，我的内心感受却是恰恰相反。

因为我对梅森的态度很糟糕，我必须邀请他到家里来，给他看看手链。而且我知道他会看得很慢，他还会把家里看个遍甚至摸个遍。他可能还会想继续提起他的爷爷。我真的再也不想跟他聊起那位爷爷了。

这个盒子装着工具和模型，我不明白为什么科拉尔的手链会在里面。米米说背后的原因无所谓，但我却觉得至关重要。因为这些东西不会无缘无故就出现在这个盒子里吧。

而且，米米认不出托马斯了，这真是很可怕的一件事。托马斯明明看起来和平时没什么不同。

海鸥在屋顶鸣叫——又是十二次。也许她是在告诉我，等我十二岁时，一切都会好起来。或者是，我们还需要找出关于科拉尔的十二个小物件；或者是，梅森明天来访时可能会触碰家里十二种东西（或者打破十二种东西）；或者是，这只猫根本不是托马斯，而是另一只长得一模一样的猫（就像我和纪录片中的那个女孩）。也许海鸥是在告诉我，世界的某些角落，一共有十二只猫和托马斯长得一样。

◎米米的备忘录

十二、对捐出去的东西要多多留意。你得确保那些都是你确实不想再保留的东西。

十三、家里那只黑白颜色的猫，就是你的猫。它的名字叫托马斯。

◎我的备忘录

三、以后不能再那样对待梅森了。

CHAPTER 09

◎机器人

如果你的房间里从来没有长过霉菌，你可能根本无法想象这件事。但你大概能想象看到一个外星人破墙而入的感觉吧？差不多就是那样。而且，整件事有百害而无一利，完全就是恐怖事件。霉菌会擦到你的衣服上，会像阴影一样散落在墙上。如果你吸入了霉菌，你的健康也会受影响。我太了解这一切是什么情况了，这就是为什么我最后会睡在双胞胎房间的地板上。

现在，我那间发霉的卧室外面放着脚手架。爸爸只要一得空就会爬上脚手架，去填充砖头之间的孔隙，以防雨水渗入。他一般在妈妈下班回来以后，或是双胞胎睡着以后才有空去做这些，而且这项工程得花上很长时间（我对此感到高兴）。我希望一直到双胞胎上学的时候，或是已经长大一些之后，爸爸才会完成这项工程。

如果你还不知道和一对两岁的双胞胎同住一个房间是什

么感觉，你可以试着想象一下，你和两个编程出现错误的机器人在一起，但又没人知道怎么关闭他们的电源。所以，他们一会儿跳上跳下，过一分钟又开始尖叫，过一分钟又开始生气。他们生气的理由总是床太热或者太冷，或是因为他们的被子总会从床上滑下去，或是他们的床单不够光滑，或是床单太光滑，或是床单让他们皮肤发痒，或是不够发痒。也可能是他们不累，或是因为他们太累。也可能是从窗帘后面照进来的光线太充足，或是因为光线太不足。而且，最糟糕的是，有时他们俩想要的恰恰相反！（天啊！）

这就是为什么我最后住进了米米家。

◎豌豆

我们正在做那个给梅森的巧克力蛋糕。米米称配料，我就把配料全搅拌在一起。米米穿的围裙口袋上缝着黄色丝带。她还跳起了小小的舞步。一切都很顺利，直到后来她把冷冻的豌豆倒进了鸡蛋液里。这些小绿球沉到了黄色蛋液的底部。

“是不是很漂亮？”她说。

这真让人搞不懂。前一秒我正在为做蛋糕打鸡蛋，下一秒我又在做煎蛋卷了。

“我们需要用到冷冻的豌豆吗？”我问。

米米点头。

“当然。为什么不用呢？”

“因为我们在做巧克力蛋糕啊。”我说，“而且你一般都不会在巧克力蛋糕里放豌豆的。”

“噢。”她说。

我们花了很长时间才把豌豆捞出来。米米全程都没有再说一句话。

◎不用麻烦了

梅森在他的花园里，用棍子戳来戳去。

我隔着树篱向他喊道：“梅森，你想吃蛋糕吗？”

他没有回答。

海鸥站在棚子上，歪着头看着我。（她可能是想吃点蛋糕。）

“拜托，梅森。”我说，“过来吃点蛋糕吧！我和米米做了蛋糕来感谢你。”

“不用了，谢谢。”

“是巧克力蛋糕。”我说。

“不用麻烦了。”他说。

他听起来确实有点儿烦。

我蹲在树篱旁边。“昨天的事，我很抱歉。”我说，“对不起，我当时确实很烦人。”

他的脸在洞的那边闪现出来：“你那不是烦人，你简直是可怕。”

他钻过缝隙，站起来把身上的叶子晃掉。他的眼镜歪了。

“我有点儿受够你了。你总是那么讨厌。”他说。“我甚至不知道你为什么要那样。”他深吸一口气，“你为什么要这样做呢？”

我耸了耸肩。“我也不知道。”我说，“对不起。”

（我确实不知道。）

“嗯。”他说，“我希望米米会为她平安归来的手链感到开心，也许她下次应该更留心一些。”

“她很高兴。”我说，“只是，那不是她的手链。那是科拉尔的。”

“这是什么意思？”

“科拉尔，米米的堂妹。她淹死了，那是她的手链。米米的爸爸给米米做了一个，也给科拉尔做了一个。米米那条上面刻着 MB，这两个字母是米米·巴特沃斯的缩写，而科拉尔的那条上面刻的是 CB 两个字母，是科拉尔·巴特沃斯的缩写。”

梅森皱起了眉头：“哇。你觉得这是从海底来的吗？是不是潮汐把手链冲上岸的？”

“也许吧，”我说，“也许是海怪打了一个嗝。”

“什么海怪？”

“吃掉科拉尔的那个海怪。”

（话音已经落地。说出去的话就像泼出去的水，收不回来了。）

“你在说什么啊？”

太丢脸了。你知道那种感觉吗？当一种对你来说的常用思维方式忽然说出口，而你马上意识到，其他人根本不会这样思考。这很尴尬。我清了清嗓子，努力让自己听起来像个在大会上发言的老师。

“这只是我的一个猜想。”我说，“也许有一只海怪打翻了船，吃了科拉尔和她的父母。”

梅森翻了个白眼。“呃……”他说。

“这只是一个猜想罢了。”我说，“又不一定是真的。”

（我知道是真的。）

他一句话也没说，但我看得出来，他打心底里认为我是一个超级奇怪的人。

“总之，”我说，“我们做了一个蛋糕来感谢你，还会退给你五十便士。我们后来回到市场里，那个女人说手链是在一个装有飞机模型和制作工具的盒子里找到的，我们还会给你一些模型和工具。里面还有一艘小渔船，也可以给你。”

“真的吗？”梅森说。

他本来抱着不感兴趣的态度，现在却开始蹦蹦跳跳。他的眼睛闪闪发亮。

“好，那我去。”他说。

他现在看起来打算要飞奔进屋，就好像哪怕我没邀请他，他也会跑进去一样。

◎准备接住

米米正跪在起居室地板上整理抽屉，里面放的全是旧录像带。

“你好。”她对梅森说，“让我猜猜你叫什么名字？”

“梅森。”梅森说。

他看了我一眼，然后又把周围的一切环视了一遍。我说的就是一切。他的眼睛都要掉到地板上了。

“这里的所有东西都太棒了！”他说，“哇！”

米米看起来很高兴。

梅森看着墙上和架子上的每一件东西，拿起来看看，然后又放下。紧接着，他看到了手链。

“我觉得我妈妈哪一条都不会想要的。”他说，“这两条看起来都有些普普通通。”

他在左右手腕上各戴上一条，开始挥空拳。

米米现在看起来不再高兴了。她似乎做好了准备，等着他把手链扔到房间另一头，而她必须随时准备接住才行。

根据我对梅森的了解，他不知道该什么时候恰到好处地停下某些举动。我想这就是他如此烦人的原因。就好像他会随手拿起任何东西，哪怕那些都不是他的，然后还会说出一些关于米米的话，那些甚至都不是事实，而我也不想听到。

“你能把手链放回去吗？”我说。

我尽量抑制着自己语气里的怒气。

他耸耸肩，摘了下来，挂回了壁炉架上。

米米看起来松了一口气。她关上抽屉，走进厨房。

梅森拿起科拉尔的照片问道：“这是谁？”

“那是科拉尔。手链就是她的。”

“她拍照的时候戴着吗？”他问。

我耸了耸肩：“不知道。”

他透过自己的眼镜镜片凝视着照片，但他也看不出来。照片尺寸太小了。

◎喂海鸥

我们在吃巧克力蛋糕。梅森把那个盒子放在厨房的桌子上，把里面所有东西都拿出来，并排放在米米给他的五十便士旁边。还好我已经把留给自己的飞机工具包拿到楼上去了，否则他可能也会想把那些部件摆出来，那我们的盘子就没有足够的空间来放了。

“我要先造出一架飞机。”他说，“然后，我要给这艘船上漆，系好绳子，让它看起来焕然一新。”

他简直把这当成他的生日宴会了。

“非常感谢你找到手链，马尔科姆。”米米说，“你真是个好孩子。”

梅森笑容满面地说：“不客气。”

她又把他的名字弄错了，但他并不介意。他还想吃更多蛋糕。

“你要再来一块蛋糕吗？”米米说。

“是的，谢谢。”梅森说。

“但你不能吃了。”米米说，她是看着我说的，“你得回到你的工作岗位上啦。要给那些海鸥喂吃的了。”

梅森的目光从我身上转到米米身上，然后又转了回来。我希望他不会发出粗重的鼻息声。他经常这样。我在桌子底下踢了他一下，然后我们都僵在了原地，一动不动。仿佛我们都在电影里，被按下了暂停键，而且没有人知道如何让画面重新动起来。

最后我说：“米米，我是艾瑞丝。我还没有开始工作，我还在上学呢。”

（我试着去想象，是什么样的工作会要去给海鸥喂食。）

“她还只有十岁。”梅森说，他真是喜欢帮（倒）忙。

米米摇摇头，好像她的头发里卡了一只虫子。（她的头发里没有虫子。）

然后她说：“其实我知道。这么显而易见的事情，不需要总是告诉我。”

她起身走出了厨房。我们听到她上了楼，然后梅森又从鼻子里喷出一股气。我实在笑不出来，他转而用悲伤的眼神看着我。

“情况不妙啊。”他说。

梅森认为米米举止奇怪，已经是件很糟糕的事了。而他居然还在为我感到难过，这更糟糕。

我耸耸肩。我还没搞清楚发生了什么，但我讨厌让梅森看到这一切。而现在，他正用悲伤的眼神看着我。我沉默不语，直到他终于开始把他的东西放回箱子里，起身准备离开。

“你不会把今天的事告诉任何人吧，是不是？”我说，“就是米米有点儿糊涂了这件事。”

他摇摇头。我希望他不要提到关于他爷爷的事。他确实没有。

他不但没提爷爷，反而在问：“我可以带点蛋糕回去吃吗？”

“可以。”我说，“我能找个时间再去一次糖果套间吗？”

他点点头，然后给自己切了一（大）块蛋糕，并把蛋糕放进了盒子里。他拿着盒子穿过花园，钻过树篱回家了。

◎长睡袍

米米飞上了夜空。她双臂张开，身穿长睡袍，脚上穿着一双拖鞋。我看着她越飞越远，想把她叫回来。这时我仿佛听到远处的某个地方传来敲门声。我颤抖着吓醒了，发现自己在床上。是有人在敲窗户，我的心还在狂跳。

“艾瑞丝！”

是梅森。

我跳下床，拉开窗帘。他站在我房间窗外的平屋顶上，脸贴在玻璃上。我打开窗户，他把头探进来。他在睡衣外面还穿了一件套头衫，手里挥舞着那个盒子和手电筒。

“你在干什么啊？”我说，“你吓到我了！”

“快出来！”他说，“我有东西要给你看。”

我还在犹豫。

“拜托！”他说，“这事关重大！”

他简直激动得摇头晃脑。

我套上套头衫，爬出窗外。今天温度很低，但天空中星星闪烁，月光照亮了整个屋顶。梅森居然还给自己准备了一个坐垫。他坐在上面，调整了一下眼镜的角度，然后用手电筒照着盒子。我在他旁边坐下，坐在坚硬又冰冷的屋顶上。

他正打算要给我看些什么，但就在这时，我们下方的厨房门打开了。米米走到了花园里，她穿着长睡袍，脚穿拖鞋。

“晚上好，美丽的月亮。”她说。

梅森发出了一声尖叫。

米米环顾四周，想知道声音是从哪里传来的。她看不见我们。她可能以为是海鸥吧。这时，梅森发出了一声可怕的口哨声。

“我告诉过你的。”他说，“她会跟月亮对话。”

“可爱的月亮。”米米又说了一遍，“很高兴总是能见到你。”

这简直太尴尬了。我把头埋进了双手之间，梅森也跟着这样做了。不同的是，我是想躲起来，而他则在窃笑。我通过手指之间的缝隙朝他瞪眼。不知道他会不会因此止住笑。

寒冷笼罩着我们，与此同时，米米花了很长时间与月亮对话。她向月亮述说了科拉尔的手链、海滩、我们的海鸥、罗拉和邦尼，还有她怎样做了一场大扫除。梅森没有在笑了。他应该是开始烦了。他想回屋。

最终，米米漫游一般回到了房子里。

梅森跳了起来。“盒子上的地址是安吉的商店，”他小声地说，“是糖果套间的地址！”

“什么？”

“那上面是安吉的地址。”他说。

他拿起坐垫，走到他卧室的窗前，手上拿着盒子和手电筒，把坐垫塞回了房间。

“我以为你可能会对这个感兴趣。只可惜我为了告诉你这事，差点把自己冻死。”

然后他爬进自己房间的窗户。窗在他身后关上了。

◎在沙发上睡着

一切都说不通。为什么科拉尔的手链会在一个盒子里？为什么上面又写着安吉的地址？我在房间里来回走动，试着梳理清楚这一切，但还是毫无头绪。我走下楼，想再看看手链。

我轻手轻脚地走进客厅，尽可能地保持安静。我不想吵醒托马斯，因为那会让它偷偷跑上楼霸占我的床。它在沙发上睡着呢，不在它自己的窝里。它看上去都快要滑落到地板上了。

月光透过窗帘的缝隙照进来，在手链上反射着光芒。我在左右手腕上各戴一条，然后双手合十，就像在祈祷一样。确实，我或多或少是在祈祷吧。我反反复复地祈求着一些事情能发生，一些能给这一切赋予意义的事情。

托马斯开始伸懒腰打哈欠了，我摘下手链，放回了壁炉架上，然后踮着脚尖回到床上，就此进入梦乡。

◎米米的备忘录

十四、不要往巧克力蛋糕里放豌豆。有时候我们会在蛋糕里放一些胡萝卜，但不会放豌豆。

十五、艾瑞丝现在十岁，她没有工作，她还在上学。

十六、艾瑞丝也不喂海鸥。海鸥会自己觅食。

十七、住在隔壁的那个男孩名叫梅森。不过，如果你给他蛋糕和模型工具，他就不会介意你怎么称呼他。

CHAPTER 10

◎洗干净了的衣服

我下来吃早饭时，米米正在整理一堆洗干净了的衣服。

“这是你放的吗？”她问。

她抖动着一件T恤，有细小的猫毛从衣服上飘落到地上。

“放什么？”我问。

“把洗干净了的衣服放在托马斯的窝里。”

“不是我。”

她叠好了 T 恤。她并不开心，脸上也没有笑容。

我在去上学的路上才想起来，托马斯昨晚睡在沙发上。现在我才找到了原因。（算是原因吧。）

◎穿越到法国

梅森拿着那个装着模型配件的盒子，仿佛那是全世界最值钱的宝物一般。我们放学后就要拿去给安吉看。他成功做出了其中一架飞机模型。他说这挺容易做的。

每隔几分钟，他都会把飞机从盒子里拿出来，往空中扔去。说实话，飞机飞得很好。我也打算自己做一个。梅森不是在玩飞机就是在追赶飞机，其余时间，我们就在讨论为什么科拉尔的手链会在这个盒子里，而且上面还写着安吉的地址。

以下是我们的猜想——

梅森认为，是一位游客在海滩上捡到了手链，然后给了自己的孩子们。他们又去糖果套间用手链换取了糖果。

我想的是，科拉尔曾经在安吉商店楼上的公寓里住过，也曾经做过飞机模型。很多年过去了，有人捡到了飞机和手链，然后一起放进了盒子里。

我们还认为，可能是一只海鸥将手链从科拉尔的手腕上扯了下来，叼着手链穿越大海到了法国，大海又花了很多年才把手链送回布莱顿。这是梅森的想法。（当然，他还希望他爷爷的假牙也能这样回来呢。）

最后，我们认为安吉还可能是科拉尔失散多年的亲戚。也就是说，我和梅森也是失散多年的亲戚。（对我俩来说，这都有点儿让人震惊。）

◎在努力学习，还是几乎没学？

我们正在课上做多项式长除法。好吧，是尝试着去做。梅森一直在用手肘轻推我，还在发出傻乎乎的笑声。他把盒子放在桌子底下，每隔几分钟就会低头去看看盒子还在不在。

他递给我一张纸，上面画着一条鱼。他在鱼下面写着：也许手链当时是被鱼吞了！！！我在上面画了一个笑脸，然后把纸条传了回去。

“艾瑞丝，”夏尔玛老师说，“你有什么想说的吗？和全班分享一下吧？”

我没听明白。我就像是刚从深水区里爬出来一样，我还不太能把注意力转移到陆地上。

“没有，老师。”我说。

她扬起眉毛：“你呢，梅森？你是在努力学习，还是几乎没学？”

“什么？”梅森问。

“你是在努力学习，还是几乎没学？”

“几乎没学。”他说。

夏尔玛老师把眉毛高高扬起。

“但我很喜欢你的课。”

（是的，一字不差，他就是这么说的。如果他在傻笑，这话听着可能还挺有趣。但他没有笑。他看起来非常严肃。班上一片哄堂大笑。）

“很好。”夏尔玛老师说，“那你也不会介意把上课时间延长，取消课间休息，对吗？”

“不介意。”梅森说，“我挺想延长的。”

（就好像有人在替他发言一样。）

“你也是，艾瑞丝。”夏尔玛老师说，“你可以在课间继续做你的长除法，你们要讨论的内容就留到回家路上再说吧。”

◎许多个月亮

这一天仿佛永远也没法结束了。铃声终于响起，我们立刻跑出操场，一路上总有那些等待父母的小孩挡住我们的路。有三只海鸥在校门口大声吵架。有人掉了一个三明治，它四仰八叉地躺在人行道上。

“芝士和泡菜。”梅森说，“咦，好恶心。”

海鸥不认为这有什么恶心的。它们把三明治瓜分了。

我们一路奔跑，终于到了糖果套间，然后撞开了店门。（其实，是梅森撞门的。我只是跟在后面。）

“嗨，梅森。嗨，还不是梅森朋友的小姑娘。”安吉说。

梅森把盒子放在柜台上，把盖子打开。

“你是在哪里拿到这个的？”安吉问。

“跳蚤市场。”梅森说，“盒子上面写的地址是这儿。”

“我知道。”她说，“这是我在阁楼后面找到的。我一般会在门口放一些东西，让路过的人自助取用。我应该把那些模型和工具给你留下来，对不对？我很抱歉当时没想到这个。”

“没关系。”梅森说。

“里面有一条手链。”我说，“是我外婆的。”

这话并不完全准确，但在我看来，安吉并不想听完整版本的解释。顾客们还在店里转来转去，挑选着货架上的糖果。有一个女人在镜子前补涂口红。

“有趣。”安吉说。（但听起来她并没有很感兴趣。）

那个涂口红的女人梳起了头。

安吉看起来有点儿没耐心了：“如果你们不介意的话，我得继续做生意了。”

“我们能帮上忙吗？”梅森问。

“不用，谢谢。”安吉说。

梅森耸了耸肩。接下来发生的一幕完全超出了我的理解范围。他无缘无故地把飞机模型从盒子里拿出来，扔到了商店的另一头。飞机降落在了一处比较高的地方，落在一罐飞碟糖后面的架子上。每个人都在看。

安吉说：“梅森，看在老天爷的分上，你在做什么？”

她站在一张小凳子上救出了飞机，把它放回了盒子里。然后她把两颗柠檬雪宝糖放在一个纸袋里，递给梅森。她说：“这不是用来感谢你的。现在你们赶紧走吧。给你们每人吃一颗。”

我们在走回家的路上都没说话。部分原因是，科拉尔的手链仍然是个谜，还有部分原因是，我们嘴里一直含着柠檬雪宝糖。

◎淋浴器

爸爸正在修理米米的淋浴器。房子里弥漫着一股烘烤的味道。米米和双胞胎正躺在客厅地板上，双腿高高抬起来，像是那种需要帮忙翻个面的昆虫一样。我上楼去看爸爸，他正站在浴缸里处理热水器。

“你好，宝贝。”他说，“你今天怎么样？”

他从浴缸里爬出来，给了我一个拥抱。他闻起来有肥皂和香蕉的味道。

“我还好。”我说。

“米米给双胞胎找了点事儿做，我就正好趁这个时间来解决问题。”他说，“然后，你就可以洗个热水澡了。”

“谢谢爸爸。”我说。

他笑了。

“你知道米米壁炉架上一直放着一条手链吧？”我说，“她小时候的那条。”

爸爸点点头。

“我们在跳蚤市场里找到了另一条。那条是米米的堂妹的，就是淹死的那个堂妹。上面除了有科拉尔的首字母外，两条手链完全一样。”

“真的？”爸爸说，“这太神奇啦！”

他的套头衫上有一块污渍，不知道是什么。看起来像是鸡蛋弄上去了。

“你下楼以后我再告诉你。”我说，“现在两条手链都在壁炉台上。”

“好的。”他说，“哦，顺便说一句，你的房间已经做了除湿烘干，湿气没有了。你很快就可以回家去住啦。”

“是吗？”我说。

“到圣诞节肯定就可以了。”他说，“你想回家住吧，对不对？”

我点点头，但我其实也不确定。我得给米米写备忘录，我还要解开手链的谜团。不管怎样，我想等双胞胎长大再回去。

我把爸爸留在浴室里，自己跑下楼。但还没等我跑到客厅，就已经听到一阵尖叫声响起。

◎鸡蛋

米米戴着烤箱手套，围着黄丝带围裙，正在厨房里站着。她双手举向天空，手里端着一个烤蛋糕的模具。珀尔和诺亚正在扯她的袖子。

“不行！”她在喊，“你们不能吃。蛋糕没弄好。”

“我们想要吃一点点。就吃一点点。”

模具里烤出来的东西，有一半都像是烧焦了的大块饼干。

“你放鸡蛋了吗？”我问。

米米点点头。“当然。鸡蛋，当然放了。没有鸡蛋就没法做蛋糕，对不对？”她用手背擦了擦额头，“你能做出不放鸡蛋的蛋糕吗？”

我摇摇头：“我想我做不了。”

厨房到处洒满了各种原料。糖从袋子里满溢出来，黄油从铝箔纸上滑了出来，面粉洒到了厨房地板上。桌子上却放着一整盒鸡蛋。

“我想你是忘了放鸡蛋，米米。”我说。

她打了个寒战，然后冲向垃圾桶，想把模具里的蛋糕（或者说饼干）全部倒掉。黄色的硬壳掉在地上，非常干，看上去很吓人。诺亚抓起一点儿塞进嘴里。他看起来就像是在吃沙子，嘴唇和脸颊上都沾满了灰尘。

“别吃！”米米尖叫起来，“你吃了会生病的！”

“你太凶了！”诺亚说，“我要吃！你跟我们说过会有蛋糕吃的！”

我没法跟你描述接下来谁说了什么，因为所有声音都混杂在一起，我听不清楚。双胞胎在尖叫，这一点我可以确定。我想先支开他们，再收拾残局，而这时，米米发出了一阵鸡叫的声音——那是鸡很生气时会发出的那种叫声。

“简直是一团乱！一团乱！”

她几乎要发出母鸡那种“咯咯”声了。我真不是在开玩笑。

然后爸爸出现在门口。在我看来，我一直扮演着那个冷静的角色，舀出了那些不能吃的蛋糕。但等一切都解决之后，爸爸告诉我，我尖叫得比谁都要大声。

◎弥天大谎

“怎么了，艾瑞丝？”爸爸说。

米米正在和双胞胎一起看《飞天万能车》。他们正在吃上次剩下的巧克力蛋糕（也就是梅森没带回去的那部分）。我和爸爸在厨房桌子旁坐着，厨房的每一处都干净得闪闪发光。

“你住在这里是不是不开心？要不要早点回家？”

“不要。”我说，“我喜欢这里。”

“那为什么你看上去很烦恼的样子？”

我耸耸肩：“双胞胎有时真的很烦人，不是吗？”

“管着他们是挺累的。”他说，“也就是因为这个，我们才想着，整理你房间时你住这儿会更开心。但只要你愿意，你也可以早点回家。”

我摇摇头：“我想留在这里。我喜欢这儿。”

“好吧。”

顺便说一句，爸爸的眼神可以穿透我的大脑。他看不到我具体在想些什么，但他可以判断我是不是隐藏了一些想法。

“米米经常出现这种情况吗？”他问，“比如说，忘记放食谱里的原料？”

“不。”我在摇头，“这是第一次发生。以前没有发生过这样的事。她不会忘事儿的，其实，她还总是提醒我做事呢。”

我说得有点儿过头了。这简直是个弥天大谎，而且我把这个谎言编织得越来越大。我想象着谎言成了一个出气的沙袋——我刚把它打得尽可能远，它马上就会向后弹回来，击中我的头。

爸爸扬起眉毛，说：“那就好。”

我笑了。我露出了一个僵硬的塑料微笑，我知道这样看起来肯定不对劲。我露出了太多颗牙齿，但这已经是我能给出的最佳笑容了。

“我只是对这个蛋糕有点儿失望而已。”我说。

爸爸张开嘴，想要回答。但他还没来得及说出一个字，诺亚就尖叫着冲进了厨房。

“米米一直在给我们放同一段！”

珀尔冲到他身后。他们站在一起，气得皱起了眉头。

“我们不想再看这个部分了。”

“我们想看有飞车的部分。”

米米跟在他们后面。

“我喜欢这个部分啊。”米米说，“为什么我不能多看几遍呢？这是我最喜欢的部分。”

“是哪一集？”我问。

“《真正的美味》，那首好听的歌。”

她用柔和的高音唱了起来。有那么一瞬间，这个场景很温馨。但双胞胎马上开始尖叫，爸爸开始跟着音乐跳来跳去，尽管跳得不是很好。如果他突然开口唱歌，然后我们所有人都像电影里的那家人一样唱起“真正的美味”，那就会很和谐。但他没有。相反，他简直在做慢动作，慢到要凝固一样。就好像他不是拥有四肢，而是八肢！而且他的手脚移动的方向还各不相同。

“好啦！”他喊道，“回家！”

他把双胞胎赶出了房子。我试着帮他，但这让整个场面变得更糟。所以我和米米站在一旁看着。米米用手捂住耳朵，两眼望天。爸爸临别时亲吻了我们的脸颊，然后就匆匆离开了。他的脸僵硬得像块石头。我和米米站在台阶上朝他们挥手。

他们离开以后，我感觉房子变得宁静又平和。海鸥在李他们家的屋顶上争吵，但就连这个声音听起来也很悦耳。

米米转身给了我一个吻。“我有个新想法。”她的眼睛闪闪发亮，“我们做个蛋糕吧。”

我深吸一口气，假装没听见这句话。

◎又扁又瘪的蛋糕

淋浴器现在效果很不错。很舒服，又很温暖。但是我到上床睡觉时才想起来，爸爸忘记看手链了。我感觉很难过。因为我觉得我们现在找到两条一样的手链是件神奇的大事，而爸爸却不记得我告诉过他。

我走到窗前眺望夜色。那只海鸥栖息在平坦的屋顶上，凝视着我，她的头歪向一侧。我没有大声说出来，但我在心里对她说：爸爸没有看手链。海鸥也没有发出任何声音，但她看起来好像在说：没关系，那些大人就是这样。

我感觉自己就像那个蛋糕，又扁又瘪，里面填充着各种错误配料。我后来花了很长时间才睡着。我一直在想着科拉尔和手链的谜团，还有米米记错的那么多事情。科拉尔本该是米米一生的朋友，而不只是她想象中的朋友。

◎米米的备忘录

十八、不要把洗干净了的衣服放到托马斯的窝里。衣服上会弄得全是猫毛。

十九、如果你做蛋糕的时候不放鸡蛋，蛋糕会很干，而且很难看，最后极有可能会被扔进垃圾桶。

二十、双胞胎不喜欢反反复复地看《飞天万能车》里的同一集。他们会生气，然后还会哭鼻子。

二十一、如果你已经做过蛋糕了，那么同一天就不要再做第二个蛋糕。因为，大家那时候都有点儿受够了。

◎我的备忘录

四、弄清楚科拉尔的手链究竟是怎么回事。

CHAPTER 11

◎天气

米米有一个有趣的特点，她的心情有时候会和天气同步。所以，在狂风骤雨的日子里，她很容易发脾气，甚至还会尖叫。妈妈说，米米一直都是这样的。有一次下起了暴风雨，她正好在我们家，她居然拿起一个杯子扔了出去。没有人知道她生气的原因，只有她自己知道。而杯子一摔碎，仿佛她所有的怒气都跟着一起消失了，她也就忘了一开始是怎么回事了。妈妈不得不走出房间。她很生气，看起来像是要爆炸了一样。

“刚才那是为什么啊？”爸爸把所有东西收拾好以后，问了一句。

米米的脸皱了起来。她大脑中的思绪好像在泥泞中跋涉。

“太可惜了。”她最后说。

她低头看着珀尔。珀尔正坐在地板上假装看报纸，她这会儿并不是特别烦人。

“是珀尔惹你不高兴了吗？”爸爸问。

“太可惜了。”米米说。

“有什么好可惜的？”我说。

米米打了个寒战。她的嘴唇在颤抖，她的头也在颤抖。然后，她叹了口气。怒气已经烟消云散了。

爸爸去找妈妈，让她平静下来。然后米米看着我笑了笑，好像什么事都没有发生过。直到那一刻，我都认为妈妈说米米的情绪和天气同步的话是在夸大其词。但当我看到窗外升起了彩虹，我想也许妈妈这话是真的。

现在我认为还有其他一些事情也可能是真的。现在我想，也许米米那时候是在暗指科拉尔的事情。

◎梅森的弹珠家族

梅森提着一个罐子钻过了树篱。他敲了敲厨房的窗户，我让他进来。

“看，艾瑞丝！”他说，“我想给你看看我的弹珠家族。”

他把罐子放在厨房的桌子上，打开盖子。

“要不要我来告诉你，它们分别叫什么名字？”

“好哇。”我说。

我上次对他很不友好，所以现在我得对他好一点儿才行。

我们坐在桌子旁边，梅森拿出一本小书，在清单上勾选出他的每一个弹珠。

“你为什么这么喜欢弹珠啊？”

“它们很有意思啊。”

“是吗？”

“当然了。”他说，“你看它们的颜色。”

他举起一颗对着光照着，在手指间转动着。这一颗是白色的，中间有一个蓝色的海豚形状。

“而且，不管是什么样的弹珠，”他说，“都会让我想起爷爷。因为是他告诉我这些弹珠分别叫什么名字。现在他偶尔会忘记这些弹珠的名字，所以得由我来帮他回忆了。”

他看起来有点儿悲伤，而且严肃。

“还有，这些弹珠名字可能已经是上个世纪流行的事情了。”他说，“但我还是很喜欢。”

“其实，”我说，“这些名字还是很有趣的。大概是因为我对这些的了解还不够吧。”

梅森的脸仿佛被阳光点亮了：“我来教你！”

紧接着，一个小时过去了。他把弹珠的名字一个个告诉我，而我得全部重复一遍。鼓励一些狂热分子并不一定是明智的做法，除非你恰好有大把时间。米米过来和我们一起坐了一会儿，然后她出去又回来，如此往复三次。

以下是梅森的弹珠家族：

12 颗“龙卷风”

10 颗“星系”

14 颗“鱿鱼”

16 颗“海洋”

68 颗“猫眼”

我得承认，这些弹珠看起来都很漂亮。有点儿无聊，但还是挺漂亮的。

“要不要一起去糖果套间？”当我能说出每一颗弹珠的名字时，他这样问道。

◎夜魔太妃糖

“又是你们两个。”安吉说，“你好，梅森。你好，还不是梅森朋友的小姑娘。”

（好尴尬。）

她正在把门上挂着的标识牌换成“闭店”。

“我们是来帮忙的。”梅森说，“这次我不会扔飞机了。我保证。”

“对不起，宝贝。”安吉说，“我得关门了。我要去银行。”

“我们可以帮你看店。”梅森说。

他很高兴。可能是因为，这世界上第一次有人（我）听他把所有弹珠的名字都说了一遍。

安吉不确定要不要答应他。她在思考是让我们走人还是让我们留下，她不知道哪一种选择会带来更多麻烦。有一家人走进了商店，安吉叹了口气。

“好吧。”她说，“非常感谢。我会尽快回来的。”

“太妃糖在哪儿？”梅森说，“在柜台上没看到啊。”

“放到看不到的地方了呀。”安吉说，“那些太耐嚼了。我决定不再卖那种糖了。有一位顾客补过的牙给扯出来了，他好像还认为我应该出钱让他再去看一次牙医呢。”

“哦，好吧。”梅森说。

他肯定在计划着什么。他的眼神飘来飘去，我可以通过他眼神乱飞的样子来判断他的心思。安吉一走，他就在柜台底下翻箱倒柜，拿出了一罐太妃糖、一支笔和一些纸。

“太好了。”他说，“我们要为太妃糖重新打造一个品牌。”

“你在说什么？”

“重新打造品牌。”他说，“如果你拿来的是顾客不想要的东西，你要换一种新的描述方式。这样，顾客最后还是会想买的。这就是那些广告公司做的事情。政治家也很擅长这个。这是我爷爷告诉我的。”

“所以，如果你想让一个人在没有降落伞的情况下跳下飞机，”我说，“你就会描述降落过程中能看到怎样美妙的景色，但对最后会撞到地面这个结果一字不提。”

“嗯，没错。我想就是这么回事儿。”梅森说。

他开始一边写笔记，一边大声说话。

“夜魔太妃糖。”他说，“太有嚼劲了，它甚至能扯掉你嘴里的牙齿。”

“你确定顾客们会想买这个吗？”

“对，没错！”梅森说，“反正小孩子们肯定会买。你应该懂啊，你还是个孩子呢。”他板起脸来：“难道你不是小孩吗？”

我懒得理他。

梅森花了很长时间来考虑这句广告词合不合适，接着又开始了新一轮的构思。那一家人要了一小袋甘草糖和几根彩棍糖。而他在集中精力思考问题，所以就要我去接待他们。

“我可以提到假牙吗？”他们走后，梅森说。

“不可以。”

（有时我真是无法想象他的大脑内部是如何运转的。）

他终于想好了，然后又找到一块星星形状的橙色纸板，用黑色的毡尖笔在上面写道（笔迹非常凌乱）：

牛奶
牛奶
牛奶
牛奶
牛奶
牛奶
牛奶

夜魔太妃糖

若你想吃，风险自负

这种糖特别耐嚼，甚至可能会把您的牙齿扯掉。

再说一句：别担心大人怎么想——

这要让孩子们自己说了算！

然后他把太妃糖罐放在了柜台前，把自制的招牌搭放在上面。他看起来对自己的成果很满意。

“你确定这是个好办法吗？”我说。

“是啊，怎么了？”

我不知道从哪里开始说起了。

店里的下一位顾客是一个小男孩，他的爸爸带着他。小男孩大步走向柜台，他的爸爸跟在后面。

“我可以吃夜魔太妃糖吗，爸爸？”

他爸爸看了看梅森的广告牌，然后摇了摇头。“不可以。”他说。

“求你了——”男孩说。

“不可以。”他又重复了一遍，“吃点别的。”

他看着梅森：“这个方法很有意思。”

“非常感谢。”梅森说。

“你知道吗，”爸爸对儿子说，“我们可以来一

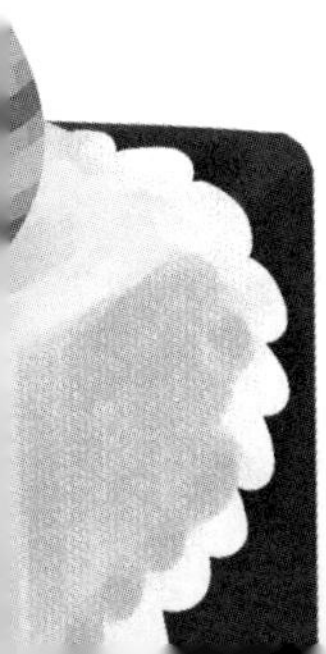

杯热巧克力。”

男孩摇了摇头。他努力忍着眼泪，走开去看其他糖果了。

三个小孩进来了，手里拿着零钱。梅森指着他的招牌，孩子们蜂拥跑向柜台。

“我想买一些！”小女孩说。

她站在两个大男孩之间，抬着头往上看。

梅森笑了。“你确定你敢试一下这个？”他说。

女孩点点头。梅森递给她一块太妃糖。她放进嘴里，开始咀嚼。然后糖卡在了喉咙里。男孩们对着她的背一阵拍打，太妃糖从她嘴里飞出来，掉在地上。他们都跑了出去。

安吉还没有回来，店里已经出现了三个哭闹的孩子，还有一位家长要求退掉夜魔太妃糖。那位爸爸正准备带着男孩离开（他们没有买任何东西），他又走到了柜台前。

“顺便说一下，”他说，“你的标语内容不对头。是由我说了算。”他的脸上没有一丝笑容。

他们走了以后，梅森把招牌丢进了垃圾桶，然后把太妃糖放回了柜台底下。

“唉，好吧。”他说，“至少试过了，也算是值得一试。”

“所以，”安吉回来时问他，“刚刚店里忙不忙？”

“不忙。”梅森说，“我们还挺清闲的。”

◎人生的一大谜团

我们刚准备离开商店，安吉就说："哦，我想我知道你那个盒子是哪儿来的了。"

"什么？"梅森说。

我们跑回了柜台。

"一位顾客告诉我，这家店面以前卖制作模型的工具包。"安吉说，"店名是'阔特曼的店'。阔特曼先生是渔夫，来自伊斯特本。四十年前，他和他的妻子闭店退休了。可能这就是为什么这些工具包会出现在阁楼上。"

"伊斯特本在哪里？"梅森问道。

"就在海边。"安吉说，"离这儿大约三十英里远。"

"你认为这位老先生现在还活着吗？"他问。

"哦，我可以确定的是，"安吉说，"他们现在肯定很老了。"

"那他们怎么会有手链呢？"我问。

安吉耸了耸肩。

"不知道。"她说，"这是人生的一大谜团。"

◎捕鱼网

“这根本算不上什么谜团。”在我们回家的路上，梅森这么说，“阔特曼先生用渔网捞到了手链，然后就一直保留着。这就是为什么，手链一直在他的阁楼上。”

“或者说，手链可能是被海浪冲上海滩的。”我说，“他把船开过来的时候捡到了。”

或者，是海底的怪物打了个嗝，手链就从空中飞到了老先生的船上。（我没有把这种可能性说出口。）

◎粉色拖鞋

我们回来时，米米正在家门口站着。她穿着一件羊毛外套，脚上是粉色的拖鞋。天快黑了。

“我想去看那个，你知道的，就是——”她挥舞着双臂，“会一群群地飞到天空中，然后改变队伍形状的鸟。”

梅森给我使了个眼色。我假装没看见。我不想再看到他露出悲伤的眼神。

“你是说椋鸟？”我问，“就是鸟浪。”

“是的！就是！我想去看这个！”

“如果你愿意的话，我们现在就可以出发。”我说，“但应该不能穿拖鞋去哦。”

米米看了看自己的脚：“哦，好的。”

“你在说什么啊？”梅森问。

“椋鸟。”我说，“在秋天，成千上万的椋鸟会在太阳落山时飞到海滩上。它们成群飞舞的现象就叫鸟浪。”

“这真是很神奇。”米米说。

我没能阻止自己对梅森脱口说出：“如果你愿意，可以和我们一起来看。”

◎椋鸟群

大海看起来就像一头巨大的灰鲸，重重地倒在了天空下。在风力发电田的顶端闪烁着一排红灯。一个男人拿起咖啡馆的招牌，走进店里，拉起了卷闸门。

椋鸟成群结队地飞过来，它们来自四面八方，就像是许多黑色的小箭头在天空中盘旋，却又从来不会撞到彼此。待到太阳落到地平线下，鸟群便聚集在一起，然后又渐次分开，飞过西码头残存的废墟，在天空中扭转，变换方向。

梅森简直不敢相信自己的眼睛。他开始蹦蹦跳跳：“一共有多少只鸟？”

“我哪里知道。”我说，“可能有一百万只？”

“反正至少是几千只。”米米说。她把头靠在我的肩膀上。

“太奇妙了！”梅森说。

他也小幅度地跳起了舞。（幸好天已经黑了。）

越来越多的椋鸟飞到了这里，它们越聚越多，就像是一只黑色的气球漂浮在西码头上空，不断分开又重新汇合。有那么一会儿，它们看起来像一只在空中翻滚的海豹，一会儿又变成两条蠕动的蛇。然后它们变成一条鱼的形状，在废弃码头的上空盘旋翻滚。

米米笑了。在天空的映衬下，她显得非常美丽又小巧玲珑。我想起阔特曼先生和他的渔船，还有那两个本该成为朋友的小女孩。米米和她的话语声仿佛逐渐远去，我开始感到一阵深深的难过，甚至开始有点儿害怕。

◎米米的备忘录

二十二、鸟群在天空中变换队伍形状的现象叫作鸟浪。

二十三、不要穿拖鞋去海边。太冷了。

◎我的备忘录

五、只有时间充裕的时候，你才能对梅森的弹珠家族表现出兴趣，因为接下来会有海量的信息等着你。

CHAPTER
12

◎雨伞

米米在厨房里煎鸡蛋，与此同时，她还在头顶撑了一把雨伞。

“早上好。”她说。

“你为什么要撑着伞？”我问。

“要下雨了。”米米说。

她看着窗外。灰色的云层一直蔓延到了天空边缘。海鸥在低低地盘旋，大概只到头顶这样的高度。

“厨房里不会下雨的。”我说。

她看起来很生气：“我撑着伞，你有意见吗？”

我不知道应该怎么回答了，所以，我没接话。我想万一屋顶漏水了，撑着伞确实是件好事，但整个事情给我的感觉都很不对劲。

◎鸟群

在我走去上学的路上，米米在厨房里撑着伞的画面都在我脑海里萦绕。梅森在说着我们观鸟的事情。他想要努力计算出一共有多少只，还想描述出鸟群的不同形状。他忙着自顾自地说话，根本没注意到我已是一脸不感兴趣的表情。反正，他还是叽叽喳喳说个不停。

我们刚到学校天就开始下雨了。米米没说错。

◎小房子

今天是前半学期最后一天上学了，然后就是期中考试。所以夏尔玛老师让我们练习写故事。梅森花了很长时间抬头凝望天花板，仿佛他可以在天花板的角落里找到创作灵感。可能那儿有一只蜘蛛会告诉他该怎么写吧。我却感觉思如泉涌，字字句句都从笔尖倾泻而出，只恨我手写的速度跟不上我的思维。

夏尔玛老师问我，是否愿意在班上朗读我写的故事。我有点儿惊到了。这个故事应该只属于我自己才对。但我还是深吸一口气，开始朗读：

那是一栋小房子，前面带着一个小花园。即使没有人开门，房门也会嘎吱作响。藤蔓和常春藤一路攀爬，覆盖了整扇门，所以要走进房子里可是一件难事。若要出去，那就更难了。

我短暂地停下来环顾四周，发现每个人都在听。

房子又老又旧，暗影遍布了每一处。门口挂满了蜘蛛网，上面积满了灰尘。灯早已不亮了，地板总是吱吱作响，哪怕没有人踩在上面也会发出声音。如果外面天黑了，小房子里也会很黑，除非能有月光从窗外照射进来。有时，还会响起一些不知从何而来的噪音。

我读着读着，自己都有点儿发抖了。

幽灵们就在壁炉台上住着。以前在这所房子里住过的人，如今都成了暗影中的幽灵。是他们把各种物件放到不同的地方，猫的食盆里有时还会出现玉米片，甚至还有一把雨伞挂在厨房里。

我停了下来。

“我就只写了这么多。”我说。

“听起来是个很可怕的故事。”夏尔玛老师说，“这个小房子在哪里？”

“是我外婆家，也就是我现在住的地方。”

“好吧。”她说，“你肯定每天都感觉像在探险一样吧。”

“还有一个幽灵和我长得一模一样，她是一个小女孩的鬼魂。她比我年龄要小多了，但她连牙缝都和我的一模一样。”

我环顾四周，微笑着，用舌头抵触着我的牙齿孔隙。（不要问我为什么这样做——我自己也不知道。）

梅森皱起了鼻子。我假装没看见。

“你真是个怪人。”教室后排有人这么说。

每个人都笑了起来。梅森也在笑。

◎心神不宁

放学时，夏尔玛老师又把我叫了过去。

“艾瑞丝，有什么事情让你担心吗？你好像有点儿心神不宁。”

我摇摇头。

“如果我能帮上忙，务必告诉我。”她说，“如果你找人分忧，事情也许就有起色了。”

“好的。”我说。

（我才不会找她呢。）

“顺便说一句，你今天创意写作的作业很不错。”

她微笑着说：“这是创意写作，不是真实的，对不对？”

“这话是什么意思？”

“你外婆家里没有什么奇怪的事情发生吧？”

“没有。那整个故事都是我编的。”

“那我就放心了。”她说。

◎水坑

“你今天好奇怪，你不觉得吗？”梅森说。

他在水坑里跳进又跳出。他裤子最底下那一圈都已经湿透了，贴在了他的脚踝上。

“你就像你外婆一样，怪怪的。”他说。

我耸了耸肩。

“随便吧。我还有事情要告诉你呢。我昨天看到我爷爷了，他居然没认出我。他至少问了十次我叫什么名字。”他说。

“十次？”

“估计都有二十次了呢。我跟他告别的时候，他还问我是来看谁的。他好像觉得我才刚到，可其实我都已经在他那儿坐了一个半小时了。我还跟他说了二十遍我叫什么名字。”

我在心底发出一声尖叫。

“他究竟是怎么了呢？”我说。

“他的记忆开始变得模糊了。医生说这种病叫失智症。我想也许你外婆也在慢慢失去记忆，这就是为什么她会做些奇奇怪怪的事情。不过她可能一直都有点儿奇怪吧，因为你就是这样的。但她以后可能还会变得更古怪。”

我摇摇头：“米米和你爷爷的情况一点儿也不像。她不是记不清了，只是有时候有点儿走神。就像我也会偶尔这样。她还能记得很久以前的事情呢。她还记得西码头被烧毁之前的情景，还记得第一次遇见我外公的情形，那时候我妈妈都还没出生呢。我不觉得她在失去记忆。”

梅森耸了耸肩。

“而且，她从来没有只穿着短裤和背心就出门。”我说，“如果你在想这个的话。”

◎记忆定格在一张相纸上

米米在一楼客厅等我。

“你想不想来变一下魔法？”她说。

我还没来得及回答，她就已经轻轻一跃上了楼梯。

“快快快！我已经把暗房都布置好啦。”

暗房原来就是卫生间，但现在里面放满了很多东西，我从来没见过。窗户上方是一面黑色的百叶窗，浴缸上方放着一块木板，上面还有三个托盘，分别标记着一号、二号和三号。托盘里都盛放着液体。浴缸上方挂着一条晾衣绳。房间里闻起来有一股化学制品和醋的味道。

橱柜的门现在是打开的，我以前以为这里是放毛巾的。还有一个黑色大机器，上面装着灯泡，电源插头已经在墙上插好了。

“那是放大机。”米米说，“没有放大机，就没法打印照片啦。”

她拿起一条薄薄的灰色塑料条，上面闪闪发亮。她说：“这些就是底片了。你知道那种装在老式相机里的胶卷吗？

胶卷经过处理以后，看起来就是这样的。它们被称为底片，是因为里面只有翻转过来的底色。黑变成了白，白却变成了黑，中间的所有灰色也都和实际颜色相反。我们洗照片，就要让所有颜色变回本来的样子。”

我其实听不太明白，所以我就只是点了点头。

她关上门又关掉灯，房间里完全沉入一片黑暗之中。然后她打开了红色的灯。

“我们得用红色的光线。”米米说，“任何其他光线都会把相纸变成黑色。”

她现在是一个露出微笑的红色剪影。

她把底片插在灯泡下面，从盒子里拿出一张纸，放在放大机下方的托盘上。然后她轻轻按下了一个开关，灯泡亮了，光线透过底片，纸上逐步浮现出灰色的外形。她数到十，然后关掉了灯，房间里又变成一片红色。

“现在，魔术时间到。”她说。

她将纸张放进一号托盘，一张黑白照片已经洗出来了。两个男孩正缩在躺椅上，手里都举着棉花糖。其中一个男孩的脸上已经糊了棉花糖，脏脏的；另一个男孩则在对着镜头微笑。他们都穿着套头衫和短裤，脚上穿着高筒袜。

“这张照片是你拍的吗？”我说。

“是的。”米米说，“这是六十年前拍的啦。本地报社想要一些公共假期时在海滩上拍摄的照片。孩子们根本坐不住，所以我给他们买了一些棉花糖。”

这真是难以置信！这两个男孩从照片上凝视着我们，我感觉他们就像是来自过去的幽灵。

“他们现在肯定已经很老了。”我说。

她点点头。“记忆就这样定格在了一张相纸上。”她说。

她用镊子从一号托盘里夹起一张相纸，放入二号托盘里，然后又取出，再放入三号托盘。

“一号是让照片上的图像显现出来的。”她说，“二号是让图像凝固在纸上。三号就是用来冲洗化学物质的水。”

她冲洗完照片后，就把相纸挂在了晾衣绳上。相纸上的水一滴一滴地落入了浴缸里。

“我们可以再洗一张吗？”我问。

“当然啦。”米米说，“我想你会喜欢这一张。”

她又插入了另一张底片，放上一张新的相纸，打开灯，数到十，然后把相纸放进了一号托盘。相纸上出现了两个小女孩，年龄更小的那个穿着一条白色衣领的短袖连衣裙。

“这是我和科拉尔。”米米说。

我深吸一口气。是科拉尔！那个被海怪吃掉的女孩！在照片里，她正和米米并排站在海滩上！

“这张照片是谁拍的？”我说。

“我猜是我叔叔吧。”米米说，“那时我妈妈还没有相机。”

她把照片依次浸入另外两个托盘的液体里，然后挂在了绳子上。

米米和科拉尔赤脚站在满是小石子的海滩上，身后是西码头（这张照片拍摄时码头还未被烧毁）。科拉尔穿的衣服和壁炉架上那张照片里的一样。她对着镜头皱起了鼻子。我感觉这两张照片是同一天拍摄的。米米穿着短裤，身上穿着一件正面有纽扣的衬衣。她一动不动地站着。有一缕头发垂在她的眼睛上，但她并没有去抚开。她应该是想保持不动，不想再让照片对不上焦了。她伸出胳膊搂着科拉尔的肩，骄傲地看着她。

然后，我注意到了她们的手腕。

“你们都戴着手链！”我说。

米米长吸一口气：“确实是这样！这看上去是不是很温馨？”

“所以，我们找到的手链绝对是科拉尔的。”我说。

米米笑了：“哦，肯定是。这是毫无疑问的。”

她在放大机中插入了另一张底片，然后又放入一张新的相纸。

“这张换你来洗。”她说。

我打开放大机，数到十。然后我把相纸放进一号托盘，上面显现出的是一位身穿无袖连衣裙的年轻女子。她站在白色的悬崖边，远远地望着大海，自顾自地微笑着。她看上去是如此优雅，又如此平静。几分钟过去，我才意识到她是谁。

“这是我妈妈吗？”我问。

米米点头。

那时候的妈妈看起来简直像是另一个人。部分原因是这张照片是黑白的，还有个原因是，那时候的她还不是现在这种压力很大的紧绷状态。她甚至可能是在做着无忧无虑的白日梦呢。可能我们不在她旁边的时候，她也还是会这样对自己微笑，但我想我从未见过照片里这样的妈妈。

“你是在哪里拍的这张照片呀？”我问。

“你不记得了吗？”米米说，“我们那次在悬崖下面徒步，我们都很开心。你穿着无袖连衣裙。天气太热了，好在我们都没晒伤。”

她又把我认成妈妈了。这实在是有点儿尴尬，可能是红色的灯光让她思维混乱了。我不知道该说什么，所以我将相纸浸入了二号托盘和三号托盘，然后把相纸挂在了绳子上。

我接着说：“顺便说一句，照片里不是我，米米。我是艾瑞丝。”

“真的？”米米说，“我用别的名字叫你了吗？”

“是的，但没关系。”我说。

米米笑了："你想再洗一张吗？"

我的确想。其实，我还想洗好多张呢。

我们花了很长时间来冲洗照片，而米米把所有照片都交给我保管。所以我有那张男孩们在躺椅上吃棉花糖的照片，还有米米和科拉尔在海滩上的合照，还有妈妈看起来和现在完全不同的照片（我把妈妈的那一张贴在自己床头的墙壁上。我很喜欢那张照片）。我还有很多西码头废弃之前的照片，还有一张爷爷年轻时的照片，他留着滑稽的小胡子。我还有一张自己蹒跚学步时的照片，我当时坐在米米家门前的台阶上。因为冲洗出来的照片都是黑白的，所以照片里的我看起来和科拉尔很像。

◎米米的备忘录

二十四、你在厨房里的时候不需要撑伞，屋顶是可以挡雨的。

二十五、丽纳是你的女儿。现在和你一起住的女孩是艾瑞丝。她是丽纳的女儿。

◎我的备忘录

六、得告诉梅森，不要再滔滔不绝地说起他爷爷的事情了。米米没有任何问题。我们刚刚才用以前的方法洗了一些照片，她连所有化学物质叫什么都记得，洗照片的每个步骤她也清清楚楚。而且她其实已经很久都没有洗过照片了。

CHAPTER 13

◎手工编织品

我要去看米米游泳，但我自己不打算下海。我是去陪她的。她在前门等我，迈着小小的舞步。她在手指上系了一条蓝色丝带，另一条则绑在她的篮子上。她穿着一件红色的紧身衣和一件大套头衫，戴着羊毛帽子，还穿着一条我从没见过的裙子。但她全身上下看起来还是有点儿怪怪的。一开始我还说不上来是什么，后来我便发现，她把裙子里外穿反了。前面的白色口袋向外翻着。

“哈哈。”我说，“好有趣。”

“什么？”

“你的裙子。”

“裙子怎么了？”

“你里外穿反了。”我说。

她低头看了看口袋。“哎呀。”她说。

她想笑，但又没法给出一个真心的笑容。她的嘴角似乎还在犹豫着要不要笑出来。

“这看起来怎么样？”

“我挺喜欢的。”我说，“这很与众不同。”

我们都在假装一切都好，我们都在说着心口不一的话。

“你看起来总是很有精神。”我说，“你穿任何衣服都好看。”

我的确是这么想的。她的形象总是很不错，因为她充满了活力，她永远都处于运动之中。只是，她现在停下了之前的小小舞步。她觉得很难为情。

“好吧。”她说，“就当今天是‘反穿衣服日’好了。”

“我也去把衣服翻过来穿吧。”我说。

“你当真要这么做？”

我点点头，然后趁自己还没改变主意，就赶紧跑回了房间。

海鸥正在棚子上休息。我想告诉她，我现在正处于一个多么奇怪的情境之中。但我却无法吸引海鸥的注意力，她正目不转睛地看着挂在晾衣绳上的什么东西。她俯冲下来，把那个东西从挂钩上拽了下来，然后叼着飞回了棚子里。然后她把那个东西扔在屋顶上开始吃了起来。一个袋子掉在地上。

我没有时间去想海鸥的事情。我得赶紧换好衣服，时间越长，米米就越觉得尴尬。所以我得尽快把衣服从里到外翻过来。我的牛仔裤口袋上有墨水渍，我连帽衫的帽子也挤在脖子后面，让我很难受。我简直不敢相信我居然真的会穿成这样出门。（反正我也没有朋友，这真是万幸。）

我回到楼下时，米米已经把她的羊毛帽子和套头衫都完全翻了过来。有个标签向外冒出来，就在她的眼睛上方。那上面写着：手工编织品，100% 羊毛。

“你知道这意味着什么吗？”我们走出去时，她说了这么一句话。

“什么？”

“你是在给我投上信任的一票呢。”

我拿不太准她究竟想表达什么意思，但我想她现在应该心情很不错。

◎反穿衣服日

我一开始感觉很尴尬。我们正好碰到了李，他刚刚购物回来。罗拉嘴里是一张折叠起来的报纸，邦尼则叼着一个松软的红色小球。

“这是怎么啦？”李问。

“今天是反穿衣服日。”我说。

“真的吗？”他继续问，“是什么意思？”

“这是信任的一票。”

“好吧，看上去挺好玩。”

他摘下平顶帽，也把帽子里外翻了个面，然后扣回了自己的头上。

“这是一年一度的活动吗？我明年一定会准备得更加充分。”他说。然后他挥手跟我们告别。

“这真的很好玩，对不对？”米米说。

我们挽起了手，米米在跳舞，而我还在努力走着直线。突然间我们同时爆发出一阵大笑，就好像我们是全世界最特别、最神秘的人物。

到达海滩时，我们买了冰激凌。米米想吃，所以给我也买了一个，虽然我的手指已经够冰的了。

“你们都把衣服翻过来穿着，是有什么特别的原因吗？”卖冰激凌的人问。

“今天是反穿衣服日。”米米说。

他把冰激凌递给我们：“真的？可这是为什么呢？是做慈善之类的？”

“我们是在投出信任的一票。”我说，“这也很有好处，因为你就不需要经常洗衣服啦。”

巧克力冰激凌滴在了米米裙子的白色口袋上。

“看到没？”我说，“现在她只要把裙子重新翻个面，不就又干净了吗？”

我们对一切都感到很满意。我们也认为自己做的事情很有趣。虽然有点儿傻气，但我们感觉快乐又自豪。

我们沿着海滩散步时，躺椅上的女士说：“我喜欢你们的造型。”

◎可怕的怪物

我坐在碎石子海滩上冷得瑟瑟发抖，而米米穿着她的泳装，戴着护目镜（没有反过来戴），径直跑到海边。她踢掉人字拖，扔掉了毛巾，大步走进水中。我凝望着她瘦骨嶙峋的背影，然后看她像海豹一样潜入水下，又微笑着浮上来。

她像往常一样，游出了一条平行于海滩的线，一路游向皇宫码头。海平面上停着两艘小船，但海里游泳的只有米米一个。在我的视野中，有三个人在沿着海岸慢跑，还有一个老人在跟狗狗扔飞盘。远处的米米已经转身，开始朝我的方向往回游。但她这时候停了下来，开始原地踩水。我马上环顾海面，看看是否有什么怪物在把她往海浪底下拉。但她并没有惊慌失措，也没有呼救。她只是在海里来回摇摆，远远地看着海滩。

我跑到岸边，抓起了她的人字拖和毛巾，向她挥手示意。但她没有看到我。她开始慢慢游向海滩，我踩着小石子飞奔过去迎接她。当水只到她腰部那么深时，她便开始改为在水中走路。

“米米！”我大喊，“米米！”

她没看到我。她转身走向了另一个方向。她光着脚在小石子上走着，有点儿磕磕绊绊。

我追上了她，抓住她的手。她转了一圈。

“米米，米米！”我说，“你还好吗？”

她盯着我看，嘴巴像鱼一般开开合合。我把浴巾搭在她的肩上，然后蹲下，把她的脚一只只抬起，然后帮她穿好人字拖。一个可怕的想法在我的脑海里来回冲撞，但我尽量努力让自己平静下来。但当我们沿着海滩往回走时，那个想法还是一遍又一遍地冒出来：她没认出我是谁。她甚至根本不知道我是谁。

◎抽筋

“刚刚是怎么了，米米？”我问，“你抽筋了吗？”

她现在已经穿好了衣服，坐在碎石子海滩上。海鸥在我们的头顶飞翔，互相追逐着。

“我也不确定。”她说，“我……”

她的声音逐渐变小了，她笑了。我们一起笑了起来。只是，她此时的笑声有点儿不合时宜，我的也是。笑声中还隐含着一些有点儿让人害怕的成分，但是我们都没有说出来。我还在微微发抖，但现在并不是因为寒冷了。

“来点热巧克力怎么样？”她说，“这样我们就会暖和起来。”

她从篮子里拿出大大的保温瓶。

◎海葬

我们一直待在海滩上，直到天快黑了才打算回去。太阳落到了海的另一边，红色的光芒从海的边缘溢出。椋鸟们又飞来了，就像是成群的黑色飞镖在天空中飞舞一般。椋鸟们汇合到了一起，变成了一张巨大的、没有牙齿的脸，然后又四散飞走，仿佛一个个气球在空中飘浮。

米米正在微笑，她应该感觉好多了。

“以后我想选择海葬。”她说，“你能帮我安排吗？”

我看着她闪亮的眼睛，她的头发在风中飞舞，脸上挂着一个皱巴巴的微笑。我的胸口不禁感觉一阵疼痛。

“我想要你永远活着。”我低声说。

“哦，亲爱的。”她说，“我说的话让你难过了吗？”

她把我拉过来靠着她，她的身上很温暖。她穿的毛衣盖住了她瘦削的身体，毛衣让我感觉痒痒的。

“你是我最好的朋友。”我说。

“嗯，这有点儿悲伤，是不是？”她说，“你不能把你的外婆当成你最好的朋友。你得再找一些别的朋友，比如那个男孩，他人挺好的。”

我想起梅森在海滩上四处寻宝的样子，又想起了他爷爷假牙的事，我感觉很糟糕。如果我最好的朋友是梅森而不是米米，那简直太糟糕了。

米米就像能读懂我的心思一样。“我不是说要让那个男孩去替代我的位置。”她说，“我是说，你要把那个男孩也当成朋友。朋友很重要。而他是一个热情满满的人，这个世界需要更多有热情的人。”

我没有回答，只是沉默不语。我只想抓住这一刻。我听着米米的呼吸，然后把我的呼吸频率调整得和她一样，这让我慢慢平静下来。

天上的椋鸟仿佛变成了一个个杂技演员。它们在逐渐变暗的天空中旋转，队形不断变换，分分合合，最后变成了一

只耸起背的狮子。当它们再次四散开来，就又变成了一只海豹的形状，仿佛在无形的波涛上跳跃。

◎荧光棒

我站在厨房的窗户边往外看，还在想着海滩上发生的事情。米米那样忘事，而且突然就找不到方向，这是正常的吗？我不知道。爸爸总是会弄丢他的工具，双胞胎也总是找不到玩具，而且爸爸经常找不到双胞胎在哪儿，他们总是至少有一个不见踪影。但我从来没听爸爸说他会连我是谁都忘了。他从来不会这样。我感觉米米的记忆的确出现了问题。这简直太可怕了。

花园中忽然有什么在闪光。梅森又从树篱那儿钻了过来，而且身上挂满了荧光棒。（他肯定已经把米米的花园当成是自己家的了。）

◎记忆

“我能进来吗？”梅森说，“外面很冷。”

他戴着手套和帽子，而且至少穿了三件套头衫，看起来他好像还把一整包荧光棒都穿在了身上。

"不行，你不能进来。"我说，"对不起。"

"我送你一根荧光棒怎么样？"

我摇摇头。米米正在她的卧室里小睡，我不想让他进来，不然她可能一下楼又感觉一头雾水。但我不能告诉他这个原因，所以我说："那我们坐到棚子里去吧——这样更好玩。"

我勉强挤出了一个微笑。这是一个艰难的决定。米米的棚子其实一点儿也不好玩。

"真的？"梅森问。他看起来也不太相信。

米米的棚子很小，里面堆满各种无趣的东西。有一台坏掉的洗衣机、几箱餐盘、成堆的报纸，还有一把摇摇晃晃的凳子。我看到一根绳子上挂着一个手电筒，便拿下来拧开。梅森坐在凳子上，我靠在一堆报纸上，让自己保持平衡。一张蜘蛛网落到了梅森的头上。

"行吧，这里真是很好玩呢。"他这样说着，然后把蛛网抖落，"才怪。"

"你觉得如果我们记不清事情了，会怎样？"我问。

"像我爷爷那样？"

（我希望他不要再提到他的爷爷了。）

"不，我只是说……"

我自己也不确定我那句话是什么意思。我想谈论刚刚发生的一切，却又不想全盘托出。

“我们拥有的记忆，到底有什么用呢？”我问。

“这个嘛，如果你失去了记忆，你就会忘记自己要做什么，还可能会忘记吃晚饭，忘记去见朋友，忘记做作业。你只能寄希望于有人能喂你吃饭了。”他说。

他笑了起来：“顺便说一下，我最喜欢的食物有香肠、比萨饼、冰激凌、那些浇在冰激凌上面的颜色鲜艳的东西、果汁、柠檬水、烤土豆和蛋糕。”

就像上次他提到弹珠一样。他又开始疯狂罗列各种食物。

“我甚至也会愿意吃蔬菜的。”他说，“豌豆、胡萝卜、卷心菜和蘑菇，都可以。但那种看起来像一棵微型树的绿色蔬菜，我是不会吃的，那很可怕。”

“你是说西兰花？”

他点点头：“我不喜欢西兰花。不说这些了，你先说说为什么你会想知道我喜欢吃什么？”

“我才不想知道呢。”

“你这个人真搞笑，你觉得是不是？”他说，“我不是说让人‘哈哈大笑’的那种搞笑。你明明提问了，然后你又说你没问。”

我不想争辩。我压根就不该跟他说起这些。他又开始嘀咕着他爷爷的事情了，我放弃了聊天的念头，打算进屋里去。

“你说什么？”我说。

“你知道我爷爷是怎样认不出我的吗？”他说，“嗯，他不记得自己喜欢什么，也不记得自己不喜欢什么。你甚至可以给他胡萝卜，原来他一直讨厌胡萝卜，但现在他会吃下去。其实，就算你告诉他那是草莓，他也可能会相信的。”

他眨着眼睛，努力把泪花眨掉。“也许你外婆也开始失忆了。”他说。

“我不这样觉得。”我说，“她记忆力还好得惊人。我们用以前那种老式方法洗了一些照片，她认识所有的化学制品，还会操作复杂的机器。”

“噢。”梅森说。

“我可以给你看。”我说。

我跑回屋内，冲回我的房间，拿来了米米和科拉尔在海滩上的照片。

梅森用手电筒照着照片，仔细端详着。“科拉尔还是穿着这一身衣服。”他说，“就跟壁炉架上的那张照片一样。”

“没错。”我说，“可能是同一天拍的。你看看她们的手腕，戴着那一对手链呢。”

“哇！这太棒了！”他说，“你是怎么洗出这张照片的？”

我试着去解释，却又没法说清楚。

◎<u>鱼</u>

我们没在棚子里待太久，那里太冷了。梅森正要从树篱钻回去，他从口袋里掏出一个袋子放到了我手里。

他说：“如果你外婆要把鱼挂在晾衣绳上，你就应该训练海鸥把垃圾扔进垃圾桶里。当然，这只是我的一个想法罢了。”

◎蚂蚁

我总是要躺很长时间才能睡着。我的脑海中满是忧虑。忧虑的情绪像蚂蚁一样从我大脑的角落里爬出来，然后潜入一切思绪之中。为什么米米把她的衣服反着穿，而且自己还没注意到呢？为什么她在海滩上居然没认出我？为什么她要把鱼挂在晾衣绳上？

我一直都在假装，想欺骗自己一切都很好。但实际上，我觉得心里已经裂开了一条缝隙，而且缝隙开始变得越来越宽。我也不确定这一切是不是还在正常范围之内。

◎米米的备忘录

二十六、如果你穿好衣服后还能看到口袋翻出来，或者还能看到衣服的标签，那你很可能是穿反了。如果这天是‘反穿衣服日’，那就没关系。

二十七、和你一起去海边的女孩叫艾瑞丝。她是你的外孙女。

二十八、如果你把鱼挂在晾衣绳上，海鸥就会叼走吃掉，还会乱丢垃圾。

CHAPTER 14

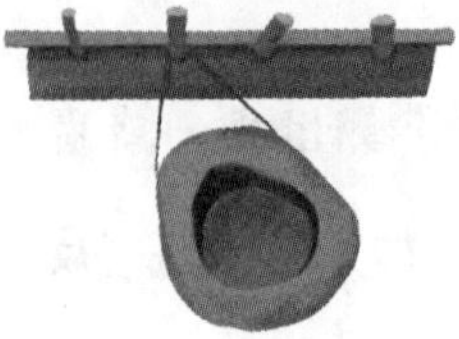

◎寒冷又明亮的天空

梅森想回博物馆商店一趟，去看看他们有没有在卖更多种类的弹珠。我也想去看看电影里的那个女孩。米米给我做了午餐便当。

梅森到我们家时，米米说："马尔科姆，我已经做好了够两个人吃的三明治。如果你饿的话，也可以要一份。"

"谢谢。"梅森说，"但我妈妈已经给我准备了。"

我们走出去，站在寒冷又明亮的天空之下。

"我们去海滩再买些薯条吧。"梅森说，"万一三明治不好吃呢。"

◎长长的影子

我们坐在小屋旁边的石头上，这间屋子是人们制作熏鱼的地方。今天很冷，但太阳还是光芒耀眼，阳光从海面上映射回来，晃得我们不能直视，只能看向侧面。我们身后拉出两道长长的影子。我们一起吃着一袋薯条，海鸥在我们头顶上空绕着圈儿飞翔。

“大海的有趣之处就在于，”梅森说，“你总想去盯着它看。你在哪儿都不会看到有躺椅是背对着大海摆放的。躺椅后面的小商店什么的，也真的很有意思。”

“米米说我们的身体都是水组成的。”我说，“可能就是因为这个，我们总会一直关注大海。”

“你为什么叫她米米？”梅森问。

“不知道。”我说，“大家都这么叫。”

“你们全家都会跟月亮对话吗？”他说。

（每次我觉得他人还不错的时候，他都会以这样的方式提醒我，他其实还是一个烦人精。）

“可能是吧。”我说。

我们吃完了手里的薯条，梅森把袋子底部的碎屑抖出来。有四只海鸥尖叫着俯冲下来，围着他开始吵架。它们大声叫了六十七次，简直是一刻不停地在叫。

“走吧。”梅森说，“去看弹珠了。”

他跳起来，把袋子扔进垃圾箱，然后跑到了我前面。

“快来啊！”他喊道。

我突然间也跑了起来。我跑过了在自拍的人群，跑过裹着大衣还在蹒跚学步的小孩，还经过了婴儿车、遛狗的人和玩滑板的少年。有一个小男孩吹出的泡泡飘浮在空中，梅森跳起来抓破了一个。我也做了同样的动作。我们跑的时候，还是不忘捡起一些垃圾，然后一把塞进垃圾箱。

我们跑到了主干道上，刚刚好赶上了交通灯变绿。然后我们走过许多店面，又穿过市场。终于，我们没有力气再跑了，就改为走路。天很蓝，海鸥叫了三十八声，我感到一阵真真切切的幸福。

◎世界上的另一个我

因为要过圣诞节了，博物馆商店里又进了一批新弹珠。梅森太兴奋了，你看到他高兴的样子可能会以为他是找到了爷爷的假牙。在他精挑细选的时候（这往往要等上很久），我又去了小电影院看电影，想再看看那个长得像我的女孩。电影还在循环播放，我正好看到穿蓝色套头衫的男孩又出现了，他迅速地从滑梯滑下来，然后出场的就是那个穿黄色羊毛衫和绿色连衣裙的女孩。她动作很快，然后坐在底部，对我微笑着挥挥手。我也挥手回应她（我忍不住这么做了）。然后，她的画面静止了。再然后，屏幕上就没有了她的身影。

我还是觉得她看起来很像另一个我。我仿佛看到了我的脸、我的牙齿、我的笑容和我的红头发。我仍然不知道该做哪种假设，我得去找人问问才行。上次和我聊过的那位女士正在楼梯旁站着。

“怎么了，小可爱？”她说。

“您对这部纪录片熟悉吗？”我说，“您能不能过来看看呢？很久以前的一个孩子和我长得很像，这让我觉得很奇怪。”

“我来看看。”她说。

我们并排坐下，一起看影片。

当女孩出现在屏幕上时，我说：“就是她。你觉得像吗？”

“嗯，你们确实长得很像。”这位女士说，“她可能是世界上的另一个你。”

“那是什么意思？”

“一个和你长得一模一样的人。有些人认为，我们在这个世界上都有另一个自己。我们时不时会碰到和自己长得像的人，也会碰到有人把我们认作另一个人。这里，就常常有这种情况。”她说，“就在这家博物馆里。有时候，有人来参观，我会把他们认成以前另一批游客里的某个人，但最后发现，其实他们从没有来过这里。”

“真的？”我说，“这也太吓人了。”

她笑了。“问题是，”她说，“如果你从另一个方向看那个女孩，你可能会看到她的鼻子比你大得多，或者下巴比你小。所以，如果她转向另一个方向，她可能看起来又根本不像你了。”

她站了起来。“很抱歉，我没帮上什么忙。”她说，“不过，这件事很有意思。”

她前脚刚走，梅森就猛冲进来，坐在了她那个座位上。他手里拿着一袋弹珠。

“看！”他说，“我找到了一些非常好的弹珠！”

他看着屏幕，打起了哈欠。影片又回到了灯塔的画面。“别看这个了，好无聊的。”

然后他又尖叫起来。他简直就是正对着我的耳朵尖叫。

“她戴着手链！”

我盯着那个女孩看，但我还没看清楚，画面中已经又没有她了。

“那个女孩戴着手链！”他说。

他的眼睛像吸血鬼一样发着光。

“是吗？真的吗？”

“我可没有开玩笑。”他说，“那个口哨从她的袖子下面露出来了。你等着再看一遍吧。”

我们又看了一遍影片，那个女孩从滑梯上滑下去，坐在底部，露出一个大大的微笑，也露出了她牙齿的大缝隙。她

举起手来挥了挥。从她的袖子下晃出一个绿色哨子，我还看到一个看起来像红色珠子的东西。我简直不敢相信自己的眼睛。

“那真的是科拉尔的手链吗？”我问。

“在我看来就是那条。”梅森说。

“可是，这个女孩为什么会戴着科拉尔的手链？”

梅森摇摇头：“那就不知道了。”

然后，我们脑海中应该浮现出了一模一样的想法，我们也在同一时刻大声喊了出来。

“她就是科拉尔！”

◎芝士

我们把这部电影看了一遍又一遍，就为了看清楚女孩的手腕。我们最后完全能确定，那就是科拉尔的手链。梅森太兴奋了，他甚至忘了给我展示他新买的弹珠。最后我们去餐厅吃午饭了。

“你确定电影里那个女孩不是你外婆吗？”梅森问。

“不会是她。”我说，“米米的头发是棕色的。我和妈妈才是红头发，还有科拉尔也是。”

“嗯，那就一定是你妈妈。”他说。

“才不可能是我妈妈呢。电影上标记的时间是 1954 年，那时我妈妈还没有出生啊。”

梅森耸耸肩。“嗯，还有可能是你外婆把时间搞错了。”他说，“因为科拉尔在那部影片里看起来是十岁左右，不是两岁。所以，沉船事件肯定是在很久以后才发生的。”

我真的很为米米感到难过，但我也有点儿不好意思。我不想再说话了，所以我让梅森给我看看他的弹珠。不幸的是，他居然有超级多弹珠。等我把每个都看了一遍后，我们才开始吃午饭。梅森吃的是薯片、果汁、酸奶、芝士和番茄三明治。我有果汁、一个苹果、一把勺子和切成三角形的三明治——里面什么都没有，而且已经不新鲜了。没有黄油，没有芝士，只是两片放了很久的面包。梅森认为这很滑稽。

◎鱼

米米正在清理冰箱，她把里面所有的东西都拿了出来，然后又放回去。她找不到鱼，她本想用鱼来配下午茶。我没有跟她提起电影中那个女孩的事情。我想她可能会觉得很尴尬。而且我也没有告诉她，她又把装鱼的袋子挂在了晾衣绳上。

我只说了一句：“反正我本来也不想吃鱼。我们可以吃点别的吗？”

她思考了一会儿。“我们可以吃三明治。”她说，“那就换个口味吧。”

◎可爱善良的女孩

三明治很不新鲜，和我午餐吃的一样。但是，里面至少是放了芝士的。米米把三明治切成了三角形，然后在盘子上摆成一个圆圈。这让一块块三明治看起来就像一朵花。

“这是不是很可爱？”她说，“陪我吃饭的小伙伴这么可爱，我还有美味的三明治。”

大部分人不会用“美味佳肴”之类的词语来描述三明治。其实，如果我们是开咖啡馆的话，在菜单上的描述应该是“并不美味的三明治，在狭小的用餐区供应，有一位老太太会在餐桌旁坐下和你一起享用”。

“这简直可以称得上是一家高档餐厅，对吗？”她说，“而且，我们的座位靠窗，可以看到海景。”

“当然啦。”我说。

“海鸥也不会来偷吃我们的薯条，因为，我们现在没有吃薯条。”她说，“我们还坐在多层甜品架旁边，享受下午茶。”

她凝视着眼前的盘子，仿佛摆在我们面前的是多么美味的食物。

“甜品架的第一层放着蛋糕和饼干，第二层是司康饼[1]。”她接着说，“还有一层放着三明治。就算海鸥俯冲下来，它们也没法分走一杯羹，因为我们坐在窗户里面呢。现在你是想要海苔三明治，还是贝壳三明治？或者是最高级的星尘三明治？”

“给我芝士三明治就可以啦。”我说这话是想给她台阶下。

她端出盘子，我拿了一块。海鸥在屋顶叫了十二声。

“你有给海鸥预留三明治吗？”我问。

“哦，当然啦。”她说，“有个女孩在这儿工作时总是有点儿笨手笨脚。她总会掉东西，但她还是很可爱的。她掉到地上的任何东西都会留给海鸥一份。海鸥总是在餐厅后面等着，女孩出去倒垃圾时，它们就走到她身边。她告诉它们不要大声喧哗，不然厨师就会出来说她了。所以，这一批海鸥是布莱顿最安静的海鸥。”

“她叫什么名字？”我说。

“丽纳。”米米说。

“那是妈妈的名字啊。”

“好吧，她是个可爱善良的女孩。她十几岁的时候去餐厅

[1] 司康饼（scone）又称为英式华夫饼、英国茶饼。这是一种介于面包和蛋糕的口感之间的食物，质地蓬松、口感结实。司康被认为是英国下午茶文化最具代表性的甜点，里面经常会放上葡萄干或栗子，一般会放在英国下午茶架子的第二层。

做服务员了，她总是拿不稳手里的东西，几周过去她就被炒鱿鱼啦。不过她也没有放在心上，很快又找到了一份负责打理躺椅的工作。拿不稳躺椅也没有关系，就算掉到地上，只要下面没人，那就一切安全。”

妈妈是个可爱善良的女孩？这是个很奇怪的说法。显然，在我来到这个世界上之前，妈妈就像是另一个人。

“不管怎样，”米米说，“你想喝什么茶？星尘茶还是大象便便？还是海鸥毛？”

我今天不想喝茶。茶和难吃的三明治一点儿也不搭配。

“我可以喝点果汁吗？”我说，“或者喝水也行。”

“你选的都很好喝。”她说。然后她开始不理我了。

她拿起茶壶，端到我的杯子上方，倒出的却是橙汁。

我们都笑了，但我真的不知道她是不是本来就想在茶壶里放橙汁。还是说，她发现茶壶里是橙汁时，其实和我一样惊讶？不过没关系。她仍然是我认识的人里最好的一个，也是最傻乎乎的一个。

我们坐了很久，想象我们会喜欢什么样的餐厅。米米认为，坐在沙漠或山上的餐厅里会很舒服。我想象的则是白雪覆盖的森林里，或是湖边。但是，最终我们总是会说回大海——随着白色的浪花拍打着岸边，甜品架上每一层的点心也都被我们吃光了。

◎米米的备忘录

二十九、隔壁的男孩名叫梅森，而不是马尔科姆。

三十、如果你没有在面包片之间放任何东西，那这就算不上真正的三明治，只是普普通通的切片面包而已。

三十一、艾瑞丝喜欢你往茶壶里灌满橙汁。以后请尽情安排橙汁吧。

◎我的备忘录

七、不要告诉米米那部电影的事。她会觉得很尴尬的。

CHAPTER 15

◎鳄鱼

米米不打算去游泳了。自从她在海滩上没认出我后，她就没再去过。我想让她再去一次，这就能让她感觉一切重回正轨了。

“你今天要去游泳吗？”我说，“我会来陪你。”

“不去了。”她说，“我要和李一起去散步。而且，我本来还以为你不喜欢游泳呢。”

“我喜欢看别人游泳。”我说，“我只是不喜欢自己下水。我可不是什么游泳健将。”

米米翻了个白眼。“我怎么会有一个不喜欢游泳的孙女啊？”她说，“也许双胞胎能表现得好一点儿吧，我希望是这样。”

我感觉喉咙里塞住了什么东西，我简直忍不住要开始抽泣了。我才不管双胞胎会不会表现得更好呢。我是真的不在乎。但是，有些事情让我很想哭。

"我和你不一样。"我还是说话了，"我想，你身上可能有一部分鱼的基因。"

"真的？"

"或者，还可能是美人鱼。"我说，"你可能是一条美人鱼。而我更像骆驼一些。我和水就是八字不合。"

米米笑了。"你其实很好。"她说，"你可能有鳄鱼的基因吧。你只是不喜欢下到深水区的感觉。"

她伸出双臂，然后笑着追着我出了厨房。我也在笑，我们一前一后跑进客厅，倒在沙发上。托马斯发出一声尖叫，冲出了房间。这个场面真的很有趣。

但是我们笑得太大声了，又笑了太久。等到氛围稍稍改变，我们便又笑不出来了。我只能这样来描述这种感觉：就好像我们是在假装一切都很好，但周围的巨浪又在拉扯着我们，一点点沉入海底。

◎雨滴

米米和李一起出去的时候，我从自己房间里拿出来一些盒子，把里面的照片全都倒在地板上。我仔细查看了每一张照片，想找到科拉尔十岁的照片，这样我就可以给米米看了。我不会直接把照片给她，我只会放在壁炉架上，让她自己看到。这样她就会记住科拉尔，而我们也不用再谈起她。

外面已是暮色四合，雨滴沿着窗户往下滚落。我想象着米米、李和狗狗们一起淋雨的情景。罗拉长长的毛发肯定耷拉下来了，邦尼则应该躲在它身下，毛发也越来越湿漉漉的。我用我最快的速度浏览完了三盒照片，然后把盒子放回原位。米米很快就要回家了，我却什么也没找到。

◎门阶

李站在门口，雨水沿着他的帽子、顺着他的鼻子滴落下来。罗拉和邦尼浑身都湿透了，正在瑟瑟发抖。

“米米回家了吗？”他问。

“还没有。”

“我们在海滩上走散了。”他说，“邦尼一下跑开了，我找到它以后，就已经找不到米米了。”他脸上闪过一个尴尬的微笑。

“她没在这儿。”我说。

“哦，好吧，别担心。”他说，“我再接着找找看。”

他转身沿着小路走远了，狗狗都跟在他身后。我的心上仿佛打了一个小结。

◎猫不喜欢吃蛋糕

我不知道米米在哪里，此时的房子感觉格外空旷。我想象海面上袭来一场暴风雨，而米米却一步步向着海走去。我希望救生员都在海滩上，因为她实在太瘦了，很容易被海浪掀倒在地，然后她就会被席卷而去，那我们就再也找不到她了。

我听到门铃一响，就飞奔到门口。挤进来的是妈妈和双胞胎。他们都淋得像落汤鸡。

“米米呢？”妈妈问。

“她出去了。”

“然后就让你一个人在家？”

“我十岁了。”我说，“又不是四岁。”

“是吗？那这个消息真让我开心。”她说。

她给了我一个吻。双胞胎抓住我的腿，想把我拉过去。

我跟着妈妈进了厨房，尽量注意着不被双胞胎绊倒。这简直就像在暴风雨中蹚水走路一样艰难。她给水壶装满了水，然后开始冲洗茶壶。珀尔指着托马斯的碗尖叫起来，里面装着巧克力蛋糕。

“托马斯居然有蛋糕吃！”她喊道。

“哦，是我放的。”我说，“我想着好好奖励他一番呢。”

“真的吗？”妈妈说，“你肯定知道猫吃巧克力蛋糕会生病吧。”

（我确实知道。）

她把碗里的蛋糕全部倒进了垃圾桶。

“你确定你不是四岁吗？”她说。

“你真傻！”诺亚说，“猫才不喜欢吃蛋糕呢！”

“傻里傻气，傻里傻气！”珀尔也跟着说道。

◎如果感到快乐，你就拍拍手

妈妈和双胞胎在这里待的时间越长，我就越发觉得米米很难回来了。我们配合着各种动作唱着“如果感到快乐，你就拍拍手”这首歌（双胞胎特别喜欢跺脚），然后我们玩起了抢椅子的游戏，我负责播放音乐，双胞胎则一直在争夺着仅有的一把椅子。结果他们都哭了起来。最后我从厨房的橱柜里拿出几个装着食物的罐头，放在客厅的地板上。双胞胎把罐头在地毯上滚来滚去，用罐头搭起高塔。他们这样开心地玩了一阵子。我从壁炉架上取下手链，然后在妈妈旁边的沙发上坐下。

“看！”我说，“我们找到了科拉尔的手链。”

“就是米米的那个堂妹？”妈妈说。

我点点头。

她从我手中接过手链，然后拿在手中来回转动。

“多神奇啊！”她说，“我不知道科拉尔也有一条手链。”

“它上面刻着 CB，是科拉尔·巴特沃斯的缩写。”我说。我指了指手链：“我们是在跳蚤市场里买到的。”

“哇！”妈妈说，“这可是一个不同寻常的发现。”她摇着头惊叹道。

“你了解科拉尔吗？”我问。

“没什么特别的了解。”妈妈说，“我只知道她在海上去世了，她那时候和父母一起乘船旅行。”

“她当时多大了？”

“我不知道，”妈妈说。“在我长大的过程中，我们真的几乎没有讨论过她的事情。我想是因为大家都太伤心了吧。我第一次看到她的照片，就是米米把那张照片放在壁炉架上的时候。”

珀尔走了过来，往妈妈腿上一坐，伸手就要去拿手链。

“不可以，珀尔。”妈妈说，“这不是给你玩的。”

“我想要玩这个！”珀尔说。

她想从妈妈的手中扯出一条，我想象着绳子啪的一声断掉，珠子在房间里飞来飞去。

“你不能拿！”我喊道，“你真是被惯坏了！”

我掰开珀尔的手指，拿起手链。她号叫起来。妈妈喃喃自语："我的天啊。"就在这时，诺亚用罐头搭建起来的高塔轰然倒地。

我把手链放回了壁炉架上，走进厨房，做了个深呼吸。我在等待。雨却好像永远也不会停一样。

◎非常好的人

门铃第三次响起来。这次门外是米米。我马上如释重负。她站在门口，全身都湿透了，头发贴在脸上，外套上的水还在滴滴答答地落下。

"我刚刚遇到了一个非常好的人。"她说，"他带着两只狗，戴着一顶平顶帽。"

"那是李。"我说，"他就是在找你。"

米米皱起了眉头。

妈妈出现在客厅里。

"你终于回来了。"她说，"我以为你在家等着我们来呢。"

妈妈听起来好像是个四岁上下的小孩，显得十分委屈。

"我跟你说过，我今天下午不上班，有空过来。"

米米盯着她看。她看起来很困惑。诺亚和珀尔跑了过来。珀尔在米米脚边绊倒了，马上开始哭闹。妈妈把她抱起来，走回客厅。

米米把嘴凑到我耳边：“这些人是谁啊？”她把声音压得低低的。

我浑身打了个寒战。她简直就像是被外星人绑架了才刚放回来一样。

◎罐头

妈妈正在厨房，在水槽里洗杯子。米米坐在桌边，我用毛巾擦干了她的头发。双胞胎回到了客厅里，继续玩罐头。一切都很平静。

“那么，”妈妈说，“你散步感觉怎么样？”

“很不错，谢谢你。”米米说，“你呢，你散步感觉怎么样？”

“我们没有走路。”妈妈说，“我们搭公共汽车来的。我们早就考虑到是这样的天气。”

米米抬头看着我，用嘴型说：“她是谁？”

我用嘴型回道：“丽纳。”

“她是谁？”她重复了一遍，这次声音更大了。

“丽纳。”我说。

“怎么了，宝贝？”妈妈说着转过身来，“我不喜欢你叫我丽纳。”

这个时刻真是无比尴尬。米米闭上了眼睛。我笑了，一个劲儿用毛巾帮她擦头发。妈妈看起来很困惑。她给米米和自己都倒上茶，我们围着桌子静静地坐着。米米不打算说话了，而我不想让事情变得更糟，所以我也保持沉默。妈妈看起来很生气。

双胞胎跑了进来，我松了一口气。他们伸出手，几片被撕下来的彩纸从指缝之间掉落下来。

“看看我们做了什么！”珀尔自豪地说。

“我们成功了。”诺亚说，“我们成功了！”

他们跑回客厅，我们跟在后面。罐头全部散落在地上，标签在地毯上到处都是。

“标签都掉地上了！”珀尔从鼻子里哼了一声。

诺亚抓起一把纸撒在地板上，就像在喂鸟一样。

“我要怎样才能知道每个罐头里装的是什么？”米米问。

“你没法知道了。”诺亚说，“这是我们给你的惊——喜——”

珀尔非常兴奋，她拿起一个罐头扔到空中。罐头掉下来，砸到了她的头。她流了一点点（几乎看不见的）血，发出了很多声尖叫。

“好了好了。”妈妈说，“我们该回家了。”

她的声音听起来有点儿像一根被无限拉长的橡皮筋。她把双胞胎拽过去穿好外套，然后把他们抱出门外，冲进雨幕里。远处还有雷声咆哮。

◎雷

米米盯着罐头和被撕下来的标签纸。

“我真的很抱歉。”我说，“我不应该让双胞胎玩这些罐头的。”

“不管怎样，我都没法知道里面有什么了。”她叹了口气。

“如果标签不见了，谁也没法知道了。”

“但是，现在我眼里好像所有东西都没有贴标签。”她说。

我不寒而栗，有种可怕的感觉浮上心头。我不知道她想表达什么，我也不想知道。我想拥抱她，但她把我推开了。闪电的光芒从窗外照了进来，米米转过身，捡起我给她买的瓷猫，扔到了房间的另一头。瓷猫撞到了墙上摔成了碎片，地毯上全是碎片。托马斯跳起来，跑出了房间。雷声震耳欲聋。米米站了一会儿，大张着嘴，然后倒在沙发上。

她坐了很久，始终一言不发。远处的雷声渐渐隐去。她盯着瓷猫的脑袋。它正在她的脚边静静躺着。

然后她说：“是我弄成这样的吗？”

我点了点头。

“啊，好吧。”她说，“反正我也不喜欢猫。”

托马斯从门边探出头，然后爬回了它的窝里。米米一脸茫然地看着它。她不记得我给她买了瓷猫。如果她记得的话，她一定不会这样砸掉它。我努力不去介怀，但我心里还是有个疙瘩。

屋顶上的海鸥还在叫着：基亚、基亚、基亚、基亚、基亚、基亚、基亚、基亚、基亚、基亚、基亚、基亚——她一共叫了十二次。我想知道她是不是在告诉我，这只猫碎成了十二块。但我其实只找到了十一块碎片。

◎米米的备忘录

三十二、如果你和李出去散步，你就应该和他一起回来。

三十三、来家里的那些人是你的女儿丽纳，还有她的双胞胎诺亚和珀尔。诺亚和珀尔是艾瑞丝的弟弟妹妹。丽纳是艾瑞丝的妈妈。

三十四、戴平顶帽、牵着狗的那个好人，就是李。他就住在马路对面，是你的好朋友。

三十五、其实你喜欢猫。你有一只黑白相间的猫，名叫托马斯（它不是很友好）。

三十六、你也喜欢猫形状的装饰品，你砸掉的那个，就是艾瑞丝送给你的礼物。

◎我的备忘录

八、不要给米米买装饰品——她总会忘记，可能是因为她已经有太多了吧。

九、不要再让双胞胎玩米米的罐头了！

CHAPTER 16

◎这是我的丈夫

我本不打算去米米的卧室打探情况。我真的不打算去的，但我想看看她的状态是否还好，因为她在扔掉那个瓷猫饰品后似乎很伤心，然后就上楼去躺着了。

我敲了敲门，但她没有回应。所以我探头看了看。她确实没事。她只是在床上睡着了，正打着呼噜呢。如果说这幢房子的其他地方都看起来像海难现场，那她的卧室也并不例外。书堆了满地，还有一些书是从书架上掉下来的，已经落满了灰尘。书上面还堆放着衣服，梳妆台上摆满了装饰品、护手霜和各种各样的丝带。

在墙上，在其他家具的表面上，全都贴着小小的便条，上面都是米米娟秀又细长的字迹。我从地毯上捡起一张，上面写着“不要往蛋糕里放豌豆”。我把这张便签放在她的床头柜上，又看了其他的几张，分别写着以下内容：

住在隔壁卧室的女孩是艾瑞丝。她是你的外孙女，现在十岁。艾瑞丝不喜欢游泳。

艾瑞丝的妈妈是丽纳。她是你的女儿。她嫁给了吉姆。

艾瑞丝没有工作，她还在上学。

丽纳和吉姆还生了一对双胞胎，分别叫珀尔和诺亚。他们两岁了。

住在马路那边的人是李和丹尼。他们养着狗，是你的好朋友。

那个钻过树篱的男孩叫马尔科姆。

蛋糕模具在抽屉里，上面系着黄丝带。

围裙和烤箱手套上也有黄丝带。

蛋糕里要放鸡蛋。

如果你能看到标签，那就说明你把衣服的里面穿在了外面（穿反了）。

不要穿拖鞋去海滩。

厨房里不用撑雨伞。

海滩上椋鸟成群飞舞的现象叫鸟浪。

猫吃猫粮。猫粮罐上有猫的照片。

热可可里要放糖，而不是放盐。

罐头（烤豆等口味的）和风干了的食物都要放在橱柜里。

需要冷藏的食物要放入冰箱。

冷冻食品（冷冻豌豆、冰激凌等）要放入冰箱顶部的冷冻格。

记得关上冰箱门，否则猫可能把鱼吃掉。

如果你让冰箱门一直开着，它会发出滴滴声。

如果要去游泳——系上蓝丝带。

拿上篮子、泳衣、保温瓶、护目镜、毛巾。如果艾瑞丝也一起去，记得带两条毛巾。

她还用便条记下了一周中的几天，附上相应说明。比如，周一是“可回收垃圾收集日”，周三是“普通垃圾收集日”，工作日则写着“艾瑞丝要去上学”。但是这些日期却又已经一团乱，比如星期二放在了星期五之后，星期四和星期六都已经从墙上掉下来了。在梳妆台的照片上，她也写上了名字。她在外公的照片上写的是：这是我的丈夫。

我每读到一张便条，内心的忧虑就加深一分。所以，当我看到“这是我的丈夫”时，我感觉肩膀上仿佛背负着什么庞然大物，快要不堪重负了。我轻手轻脚地出去，关上门，然后回到自己的房间，坐在了床上。我希望这能让沉重的感觉消失，但无济于事。我肩上的重担仿佛变得愈加沉重了。

屋顶上的海鸥叫了 12 声。我不知道她这是想向我传达什么讯息。但如果她认为米米只写了 12 张便条，那她就大错特错了。那里可能有12x12张（也就是144张）。至少有这么多。

◎又潮湿又吓人

我认为米米的记忆力正在衰退。就好像她的记忆正在一点一点地消失，所以她已经无法理解很多事情。她认不出妈妈，认不出双胞胎，甚至还不认识李了。她根本不记得科拉尔，虽然科拉尔至少活到十岁才去世。她不记得蛋糕里要放鸡蛋，也不记得热可可里要放糖。

我得找梅森说说话才行。我越是想着米米的事，我的心情就越糟糕。而我没有其他人可以倾诉。我跑下楼，钻过篱笆钻进他家的花园。树篱真是又冷又潮湿又吓人。而他经常这样钻过去，真是让我惊讶。

梅森在家，正坐在桌子旁，看起来很无聊的样子。他一看到我就跳了起来，打开厨房门。

“快进来！”他说，仿佛我是他见过的最让人激动的什么人物。

◎深浅不一的白色

梅森家的房子被漆成了白色，但这些白色却深浅不一，有各种层次。有些墙壁在阳光下看起来像白色，有些则在阴影中才看起来像白色，有些看上去像是沾上了污泥的雪，有些看起来又像是需要稍微清洗一下的白色衬衣。他们家里也没有放任何照片，没有哪儿系着丝带，也没有哪个架子上堆满了东西。这里就像是一间牙医室，只是没有躺椅，也没有各种各样的钻头。

“我家很无聊，对不对？”梅森说。

“这就是你喜欢来米米家的原因吗？”

他点点头：“差不多吧。你来是要做什么？”

我深吸一口气：“我认为米米的记忆力确实在衰退。她在卧室的墙上贴了很多便条，写下了她不让自己忘记的所有事项。她甚至把我的名字写在那儿，就是怕哪天忽然不记得。她写的是，我就是那个‘住在隔壁卧室的女孩’，这真的让我很难受。”

“听起来和我爷爷非常像啊。”他说。

“不，”我说，“和你爷爷不一样。”

“好吧，至少你外婆不会把自己的牙齿弄丢。”他说，“她不会让假牙被海鸥扔进海里，也不会有鱼在假牙里产卵。”

我努力想挤出一个微笑，但我做不到。我开始默默希望，我今天没有来这里找他。

“她也在便签上提到你了呢。”我说，“她写的是，‘那个钻过树篱的男孩’，还说你叫马尔科姆。”

梅森嘿嘿地笑起来：“其实我还挺喜欢马尔科姆这个名字

的。这个名字有种别具一格的感觉。如果她愿意，她当然可以叫我马尔科姆啦。如果你愿意也可以。或者，你也可以叫我科姆，只要你想这样叫。”

我瞪了他一眼。我真是不明白，为什么他总要想方设法去说些活跃气氛的话。

梅森扬起眉毛：“如果我说的都是错的，那你为什么还要来找我聊天呢？”他看起来很生气。

“对不起。”我说，“我只是想帮帮米米，但又不知道该怎么做。”

“你有没有告诉她科拉尔当时已经十岁了？”梅森问。

“没说过。”

“告诉她吧。”他说，“这可能对她恢复记忆有帮助。”

“你是这么想的吗？”

“嗯。”梅森说，“如果你不勤奋训练，别人也不能指望你变成一名优秀的运动员。我想记忆也可能是这样。可能你就是需要多加练习。如果我意识到我爷爷忘记了什么，我一定会告诉他的。”

我不太确定这是个好办法，但又想不出更好的办法了。

“好吧。”我说，“我明天就告诉她。”

“我会过来给你助阵的。”梅森说。

◎跳舞

米米在厨房里跳着舞，就好像昨天什么事都没发生过一样。就好像，她没有忘记每个人是谁，也没有把瓷猫扔掉。托马斯伏在她的肩上，她在等水壶里的水烧开。你可能认为托马斯不会想这么挨着她（而且米米才刚对猫那么凶巴巴），但它似乎也并没有为之前的事情介怀。梅森敲了敲窗，托马斯看了他一眼，好像在说“米米最喜欢的是我”，然后就从米米身上跳下来，走出了厨房。

“马尔科姆，”米米说，“见到你真高兴。你要不要一起来吃点早餐？”

“太好了，非常感谢您，艾瑞丝的外婆。”他说。

（是的，他是这么说的。）

米米笑了。“叫我米米就好。”她说。

“好的。”梅森说。

我可以肯定他不会这样叫的。因为，如果他使用了这个称呼，他就必须对他的爷爷也直呼其名。他可能叫阿尔伯特或是科尼利厄斯，或是其他任何名字。

我们围坐在桌子旁吃吐司和果酱。米米告诉我们，李最近在教她练瑜伽，梅森在跟我们说他妈妈的驾校课程（她很快就要考试了）。我正在想办法去提到电影里那个女孩，但又让米米听到不至于尴尬。

梅森一直看着我。然后他说：“我买到我的弹珠那次，我们正在博物馆参观，那次真的很有意思，是不是，艾瑞丝？”

“没错。”我说，“其实——”我看着米米，然后（笨拙地）脱口而出：“我想你是把科拉尔去世的时间记错了。”

“真的吗？”米米问。

“我们在博物馆的电影里看到她了，她和我们现在的年龄差不多。”我说。

米米整个人抖了一下。“你多大了？”她问。

“我快十一岁了。”

“我也快十一岁了。”梅森说。

“电影里那个女孩戴着手链。”我说，“而且，她长得很像我，甚至连头发的颜色也是和我一样的红色！也就是因为这个，我们认为她就是科拉尔。电影上标记的时间是 1954 年，所以这个女孩不可能是我妈妈。那时妈妈还没有出生呢。”

米米又打了个寒战。看起来就好像她的思绪在泥泞中艰难跋涉，她的脸也皱了起来。

“每个人都会有记混事情的时候。”梅森说，“我以前总会把不同的袜子混在一起穿，我穿好衣服的时候觉得一切都没什么问题，但脱掉鞋子才发现，原来我穿着一只蓝袜子和一只绿袜子，或者是一只条纹袜子和一只没有图案的袜子，或者是一只新袜子和一只有洞的旧袜子，连我的脚趾都看得到呢。”

他又要开始像背诵清单一样讲话了。我对他使了个眼色，但他没有注意到。

“有一次，”他说，“我还不小心穿了一只妈妈的袜子和一只自己的袜子。那简直太可怕了。因为那才是真的把所有东西都搞混了，而且袜子还可能最后被放进错误的抽屉里。有一次，我爷爷来的时候——”

我在桌子底下踢了踢他。重重一下。我不想让他又说到他爷爷。我只希望他此刻能停止发言。

“没错。”米米说。

她的脸像是经过了电影慢动作镜头的处理一般，每个表情都被放大了。她站起来走出厨房。

“哦，天哪。”梅森喃喃自语。

我们的头顶笼罩着层层乌云。我希望我没说过那些话。在电影里看到科拉尔这件事也不再让我感到兴奋或有趣。我现在只感觉很糟糕。

◎中学

我和梅森坐了很久，但我们都没有再开口说话。梅森用悲伤的眼神看着我，但我没有理他。

最后他站起来回家了。他走的时候小声说："顺便说一下，不要告诉你爸妈，你外婆已经开始不记事了。否则，他们可能不会让你继续住在这儿。"

这么一想，那就真是太可怕了。

"然后我们就没法继续做朋友了。"他说，"我们现在是朋友，只是因为我们住在隔壁的缘故。你上中学以后才会找到理想的朋友。"他的嘴唇在微微颤抖。

"实际上，"我说，"在我心里，我们已经是朋友了。如果你觉得可以的话。"

"真的？"梅森说。

我点点头。

"好。"他说，"当然可以。"

他走了出去，进入花园并从树篱中钻过。

◎我的备忘录

十、不要告诉爸爸妈妈米米开始记不清事情了。尤其不要告诉妈妈——她会想要住回来，住进自己以前的卧室里。

CHAPTER 17

◎很害怕

后半学期开始了，这是我们回到学校的第一天。米米穿着长睡袍和拖鞋，正在厨房的桌子旁坐着。她凝望着窗外。

“你要不要喝杯茶？”我说。

她摇摇头：“不用，谢谢。”

我在她旁边坐下：“吐司要不要吃？”

她再次摇头。

海鸥停在棚子上，凝视着晾衣绳，等待着那儿会不会有人又挂上一袋鱼。她发出了十二声呼唤，可能是在说十二袋鱼要比一袋好。（但我们应该会让她失望啦。）

米米转头看向我。“艾瑞丝，”她说，“我很害怕。”

我的胃马上翻腾起来。米米很害怕，这也让我跟着害怕起来。我感觉自己体形缩小到只有五厘米那么高，仿佛托马斯都可以轻而易举地在桌子底下拍打我，或是坐到我身上，然后把我叼进花园。

我深吸了几口气。“你是害怕什么呢？”我问。

“我很害怕，因为我甚至不记得任何关于科拉尔的事情了。你说你看到她十岁的样子，而我却对她一点儿记忆都没有。”她脸上的表情都扭曲起来。“这太可怕了。”她说，“我怎么能忘了她呢？她对我来说是如此重要。”

“我们可以去博物馆，让你看看这部电影。”我说，“可能你会发现自己还记得。”

米米抖了一下，说：“不行。如果我还是不记得，那可怎么办？我会更加沮丧。”

她想笑，但又笑不出来。“不过，还是谢谢你。”她说。

◎家长助手

我心情很低落。我不想离开米米。但是梅森没有注意到，他在人行道上蹦蹦跳跳，兴奋不已。我们班正在捡垃圾，他的妈妈来当家长助手了。大多数孩子不喜欢自己的家长来参加学校活动，但梅森不会，他甚至都等不及这一天快快到来。

“她很好玩的。”他说，“大伙儿肯定都会喜欢她。”

“这样啊，那你很幸运，对不对？”我说，“因为我妈妈一点儿都不好玩。我们家还有双胞胎。他们会把所有东西都搞坏。”

“我希望我们家里也有双胞胎呢。”梅森说。

我不理他。他根本不了解我家的双胞胎是什么样的。

当我们过马路时，李正好出门遛狗。

“早上好！”他说。

“早上好！”我说。

然后，我还没来得及阻止自己，就脱口而出：“对了，米米和你在海滩上走丢以后，现在已经没事了。我想你可能会想知道这个。”

“啊，那很好。”李说。

“我感觉她那次散步很开心。”我说。

“那真是太好了！”李说。

“其实，”我说（我真希望我能闭嘴），“她迷路只是因为她的眼镜都被水渍弄花了。当时风吹来好多海水，天上还下着雨。但她一摘下眼镜，马上就认出来自己在哪儿了。”

（没错，我就是这么说的。这些话就这么自己蹦了出来。）

梅森哼哼了几声，李笑了笑。我们都盯着对方看，仿佛在等待着什么。这一刻简直漫长得像永远。

最后，是梅森开口了：“如果你们不介意的话，我们现在得走了。”

他开始原地踏步。“我正在给自己计时，看我什么时候能走到街道的那一头。”他说。

“那你们快去吧。”李说，“我来帮你们计时。”

梅森开始沿着人行道跑起来，但速度并不是很快。当他跑到街道尽头时，李喊道：“十二秒！你真棒！超常发挥！”

“你也想这样跑一次吗？”他这样问我。

如果要我说真心话，我其实并不想。但我已经对他说了很多谎，多说一个似乎也无妨。

“是的，请帮我计时吧。”我说。

我跑到路的尽头，也没有用很快的速度。

“十五秒！”李喊道。

我转身，对他挥了挥手。我们绕过拐角，走出了他的视线。

“你今天怎么奇奇怪怪的？”梅森问。

◎尴尬

梅森的妈妈和安吉长得像又不像。就好像她们刚出生时可能是同一张脸，但最后向着不同的方向发展了。所以，安吉的脸型更方，鼻子更长。梅森的妈妈也没有鼻环。

她径直走到队伍的最前面，站在我和梅森旁边，这是个奇怪的举动。但梅森却一点儿也不介意。事实上，他甚至很高兴。这可是非常罕见的情况，因为孩子们往往讨厌自己的父母在学校现身，因为他们肯定会做出一些令人尴尬的举动。不过梅森显然并不觉得尴尬，他一直和妈妈手拉手。

几乎是紧接着，梅森的妈妈已经做出了一些令人尴尬的事情。我们刚一走出操场，她就想跟梅森保持脚步同频。所以，当梅森左脚在前时，她也先迈出左脚。而他的右脚在前时，她也跟着右脚在前。但是因为梅森总要停下脚步回头看看后面的同学（我们走在最前面，因为他是生态代表），他妈妈也就得一直努力让自己的脚步处于正确位置，有时甚至就像跳出了一段有趣的小舞步一样。这可真是尴尬。

但没过多久，我也忍不住这样走了起来，仿佛就是情不自禁一样。我感觉，一旦不同频似乎就很奇怪了。我们到达海边时，全班同学都在努力跟上梅森的步伐，甚至连夏尔玛老师也不例外。而且，也没有人面露嘲笑之色。其实，是每个人都在大笑。我还不太能理解现在的状况。

我和梅森自己捡过垃圾，但那和学校的捡垃圾活动是两码事。我们都穿着黄色的夹克和手套，每个人还分配到了一个捡垃圾的工具。那是一根带把手的棍子，只要挤压把手，棍子末端的小爪子就会夹住底下的东西。只要不是太重就行。你不可能用这个工具捡起石头（每个人都这样尝试过），而且我们不应该用这个工具互相抓来抓去（每个人也都这样尝试过）。但是，用底下的小爪子抓起小块的塑料纸倒是再合适不过了。

全班同学在海滩上分头工作起来。一个小时过去，我们装满了三个大垃圾袋，里面满是塑料瓶、包装纸、咖啡杯、罐头瓶、甜点袋等一大堆零零碎碎的垃圾。我们没有找到梅森爷爷的假牙，也没有捡到金子。可以说，我们压根儿没找到任何让人兴奋的东西，只有大量的垃圾。海鸥如果吃到会噎住喉咙，海鱼吃到估计会中毒身亡。

“干得好！”夏尔玛老师说。

我们走回学校时，梅森的妈妈又开始了她的步伐匹配计划。每个人都在我们身后模仿起来。我们回到操场后，她向每个人大喊着“再见”，还用一种有趣的姿势挥着手。每个人也都挥手回应着她。

“我就说吧！每个人都会喜欢她。”梅森说。

◎羽毛

整个下午，我都在担心米米。我一直在想她会在做些什么，以及她会不会又有什么事情出了差错。我感觉她的房子是羽毛做成的，哪怕是最轻微的风（或是一个喷嚏）也会把房子吹走。等我放学回家时，房子可能都消失不见了。

"你怎么了？"我们走出大门时，梅森问了我一句。

"我在担心米米。"

"为什么？"

"我怕她忘了关煤气或者水龙头。"

"说不定她还忘了关窗户呢，前门也可能完全敞开着。"他说，"可能现在已经这样了。也许，她还把猫喂给海鸥吃了。"

"这一点儿也不好笑。"我说。

他耸耸肩："算是有一点点好笑吧。"

我们跑回家。好吧，我是跑着回家的。梅森跟在后面，然后又超过了我。然后我又超过了他，接着我们就开始比谁速度更快了。我们终于抵达米米家，不禁一起笑了起来。我感觉心情稍微好了一些。

◎魔力

"马尔科姆，你要不要留下来一起喝茶？"米米问。

她在微笑。看上去心情不错。

"好啊！谢谢！"梅森说。

米米打开厨房的橱柜，里面装满了没有标签的罐头。看过去一片银色，每个罐头都一模一样。有那么一秒钟，我觉得她肯定会生气。但她紧接着却笑了起来。

“我们获得了一次开盲盒的机会啦。”她说。

她拿了一些罐头放在桌子上，让梅森选了一个。

“我想这个应该是蛋奶冻。”他说。

他把罐子递给米米。她闭上眼睛，手在罐头上晃来晃去，好像在施魔法一样。

“这不是蛋奶冻。”最后她说，“是桃子罐头！”

轮到我了。我摇了摇罐头，想搞清楚里面晃动的是大块食物还是小块食物。我感觉是体积偏小的东西。

“是烤豆子。”我说。

米米打开罐头。黏稠的糖浆从边缘满溢而出，薄薄的桃子片浮现出来。

“哈哈！”米米说。

梅森又选了一个罐头，像米米一样闭上眼睛说：“我觉得是番茄汤。”

米米又晃动双手，表演了一遍咒语。

“蔬菜汤。”她说，“这个罐头里是蔬菜汤。”

我把罐头从左手换到右手。我感觉里面又像是浸泡在液体里的小体积食物。

“是鹰嘴豆。”我说。

（我希望不是。）

罐头里是蔬菜汤。梅森两眼放光地看着米米，仿佛她会魔法一般。

“你是怎么做到的？”他问。

“我也不知道。”米米说。

我想最后一罐应该是葡萄柚，但梅森认为是菠萝块。米米则说是牙膏。（她的魔力正在消退。）

这个是西红柿罐头。

至于茶点，我们吃了抹上黄油的面包，搭配着加热过的西红柿和蔬菜汤，还有凉凉的罐装桃子。味道真的挺不错。

◎时光机

我在睡前写完了说服性议论文作文的作业。夏尔玛老师让我尝试着去写一些积极的内容，所以我不会罗列出一个个理由，来论证为什么没有双胞胎我的生活会更美好（而且这肯定要花很多时间才能写完）。相反，我写了一篇关于时光机的文章。

为什么科学家应该发明时光机

所有科学家应该齐心协力去研发一台时光机。很多人都会从中受益，原因也不尽相同。以下是我的理由。

我想要一台时光机，这样我就可以回到过去，去看望我的外婆米米和她的堂妹科拉尔。我就能看到她们小时候的样子了。如果我能这样做，我就可以阻止科拉尔和她的父母登上那艘将要沉没的船。这能让米米在堂妹的陪伴下长大，她们也会成为终生好友。

我的第二个理由是，如果我能回到过去，我会送给米米一本日记，让她把自己记得的所有事情都写下来。这样一来，她以后也永远不会忘记。

我的第三个理由是，我想和米米、科拉尔在海滩上玩一整天。如果我能有这样的机会，我会非常开心。如果米米在她的日记中记录了我们度过的这一天，我以后也可以读到了。

我知道，如果我们改写过去，我们不喜欢的那些事情可能还是会发生。但如果我有一台时光机，那就不用害怕这种情况。我会继续穿越到过去，一次次努力让事情变得完美。

请问科学家可以把这件事提上日程吗？时光机一定会是一项奇妙无比的科学发明，也会给很多人带来快乐。

◎米米的备忘录

三十七、牙膏是一管一管的，不是一罐一罐的。

CHAPTER 18

◎橙色长筒雨靴

爸爸带着双胞胎来到米米家，我也邀请了梅森过来。如果他觉得双胞胎很有趣，那他可以试着跟他们待上几个小时看看。为了避免米米做出任何奇怪的举动，梅森在爸爸来之前帮我打扫了卫生。米米认为他是世界上最好的男孩子。

所有台面都已经擦洗一新，托马斯的碗里也放着猫粮，蛋糕盘里放的确实是蛋糕，米米的衣服也没有穿反。

但爸爸来的时候情况却不妙。诺亚在他的怀里，头上正缠着血迹斑斑的绷带。他正无力地靠在爸爸的肩膀上，他穿着蜘蛛侠的服装，袜子也只剩一只了。

“啊，我的天！”米米问，“发生了什么？”

“他当时在爬栏杆，”爸爸说，“然后就摔了下来。我得带他去检查一下。我跟丽纳说了直接在医院见面。我可以把珀尔放在你这儿吗？”

“当然可以。”米米说。

珀尔穿着一双亮橙色的长筒雨靴。她在厨房门口看到托马斯时，便趴在地板上假装自己也是一只猫，喵喵叫着爬到了客厅。

“太可爱了！”梅森说。

“珀尔，脱下靴子和外套。”爸爸说。

“不！”珀尔说。

梅森趴在地上，也开始喵喵叫起来。最后，他们喵喵叫了许多次，又发出好几声大惊小怪的呼声，他终于帮珀尔脱下了她的靴子和外套。

“谢谢。”爸爸说。他看起来很疲惫。

“珀尔把她的拼图也带来了，是不是，小宝贝？”他问。

然后，他背着诺亚走出了大门。

◎拼图

珀尔把她的拼图摆在了客厅的地毯上。这是一幅农家院子的图片，上面挖出了一些动物形状的小洞，还有许多动物形状的拼图块，正好可以放进去。绵羊形、牛形、小鸡形的图块，都可以填补图画中相应的空缺。

“那个拼图好可爱啊。”梅森说。

“奶牛！”珀尔嚷着拿起一头黑白相间的奶牛图块，放进了奶牛形状的空洞里。

“猫。”米米嘴里这样说着，手却指着山羊。

“那不是猫！”珀尔说。

“是猫。”米米说。她咬紧了牙关，仿佛很生气的样子。

“不是猫！”珀尔说，“是一只山羊。”

米米看起来很着急。

“猫头上没有角。”珀尔说，“是不是，艾瑞丝？猫没有角。”

“对，那是山羊。”我说。

“好吧，”米米说，“如果你们都这么说的话。”

珀尔捡起山羊，并放入了合适的位置。

“要不我们玩点不一样的？”梅森说。

“不，”米米说，“我想，两岁娃娃玩的拼图我还是能应付过来。”

“轮到我了。”珀尔（再次）说，“兔子。”

米米摇摇头。

眼看她们又要为那块兔子形状的拼图吵起来了。我实在受不了了，我假装扮演起了妈妈平时的角色，躲进了厨房去泡茶。

我正在等着水壶烧开，便听到他们在齐声大笑。我走回走廊，从客厅的门缝朝里看，是梅森在炫耀他会的舞蹈动作，米米和珀尔都在模仿（某种程度上算是吧）。他们简直不知道自己的样子看起来有多搞笑。我敢说，如果其他人看到梅森这样，肯定会一辈子都要拿这事取笑他。我假笑了一声，但他们都没注意到。然后我又觉得自己有点儿嫉妒她们。我甚至不知道这情绪从何而来，却又控制不了自己。

梅森看到我过来，便停了下来。“你想玩捉迷藏吗？”他问。

“好啊。”我说。

“我和艾瑞丝来计时。”梅森说，“你们两个就找地方躲起来。”

我从没玩过这么糟糕的捉迷藏游戏。米米的脚都从窗帘底下露出来了，珀尔则坐在角落里，只用一个坐垫挡着脸，

“你们得找到更好的地方躲起来才行！”我说，“我们会数到两百，这样你们就有时间换个地方。”

我和梅森在厨房里等着。

“很抱歉，珀尔太吵了。”我说，“你看到了，她就是那么烦人。”

“她很好玩。”梅森说，“我不知道你为什么总是这么说她。”

他来这里的时间还不够长，因此还没看到她最调皮的一面。不管怎样，如果诺亚也在这里，他就会有截然不同的感

觉了。但我也没有把这话说出口，只是耸了耸肩。

我们很慢很慢地数到了两百，然后大喊："我们来了！"

◎蜘蛛网

我们怎么都找不到米米和珀尔。我们把椅子下面、挂着的大衣后面、窗帘后面、衣柜里和橱柜里全都找了个遍。我甚至还打开冰箱看了看。厨房和客厅也检查过了。我还分别去看了我自己和米米的房间（让梅森进房间太尴尬了），但她们也不在房间里。

梅森从树篱间钻了过去，想看看她们有没有去他家的花园，但她们不在那里。他还把他家的房子也检查了一遍，也没有找到。房子里空无一人。而且她们也不在米米的棚子里。她们如果躲在报纸堆下，便会露着脚踝，如果坐在那里的凳子上，头发上就会缠着蜘蛛网。

我们站在米米家的客厅里，大声喊着她俩的名字。我尽量保持着镇定。

"珀尔！"

"米米！"

"珀尔！"

"米米！"

“我在做热巧克力！”我喊道，“你要喝一点儿吗？”

（一般珀尔听到这句话就会出来，但现在却无人应声。）

然后我注意到，珀尔的橙色靴子和外套都不见了。一种非常可怕又不祥的预感在我心头浮现。我打开前门，往街道的方向看去。天色渐晚，排水沟里有一个纸袋被风吹了下来。

“我想，她们是出去了。”我说。

我们走上人行道，向两个不同的方向都看了看，但都不见她们的身影。

“我爷爷以前也失踪过一次。”梅森说，“后来警察在离我们家几英里远的公园里找到了他，他当时就在长椅上坐着。”

我瞪了他一眼。

“我只是这么一说。”他说，“他没事，坐在那里还挺开心的。警察说找到他的时候，他还在唱着歌。只有他一个人很开心，而其他人都很担心。”

“这事和米米有什么关系？”我说。

“因为，”他说，“也许，你应该报警。或者去找那些救生员。”

我摇了摇头。我不想报警，因为那样每个人都会知道米米已经头脑糊涂了，而且大家都会陷入惶恐。“不行。”我说。

“那我们先去李和丹尼家里问问。”梅森说，“她可能在那里。”

我们跑过马路，敲了敲门，但没有回应。甚至也没听到罗拉和邦尼的声音。应该是没人在家。

“我们得自己找到她才行。”我说。

我在心里尖叫了一遍又一遍。

“好吧。”梅森说，“有什么她可能会去的地方吗？”

“大海。”我说，“那是她最喜欢的地方。她还说过想埋葬在大海里。”

梅森做了一个问号脸的表情。如果是其他时候，他应该只会在鼻子里哼哼。

“那就去那里看看吧。”他说，“我们最好用跑的！”

◎白色灯光

我们奋力奔跑，已经用上了最快的速度。我们的脚重重踩在人行道上。这时，我意识到我们连前门都忘了关上。但我不打算回去关门了。因为现在其他什么都无关紧要了。我有没有朋友、我的卧室墙上是不是还在回潮、双胞胎是不是还那么烦人、我妈妈是不是还那么心烦意乱又压力重重，所有这些都变得无关紧要。因为，就在转瞬之间，我眼中的世界不再美好，而是变得面目可怕。找到米米和珀尔才是第一要务，其余的什么都不重要。

我们沿着小巷奔跑着。晾衣竿正在被收进商店里，店主正在拉下百叶窗。我们经过这一切，最终到达海边。风实在太大了，我们艰难地迎风走到海滩上。有一张塑料布绑在一排脚手架上，随风上下翻飞，被绳子拉得紧紧的。我们等待着天色变化，然后拖着脚步穿过马路，迎风下坡来到海滩。

海滩上几乎空无一人。白色的波浪拍打着碎石子。一轮红色的落日正在缓缓沉入地平线下。成群的椋鸟在天空中飞过，海鸥发出阵阵鸣叫。长廊上的一连串白色灯光扭成一束，随风摇晃。

远处的皇宫码头也闪烁着点点灯光。有一个女孩正沿着非机动车道骑自行车，她弓着身子贴近自行车，这样才不会被风吹翻。

梅森露出欲言又止的神情。

“怎么了？”我喊道。

“你去检查一下岸边！”他喊道，“我去沙滩上面看看！”

我还没有来得及回答，他就已经跑开了。他的头发已经被风吹乱。他变成了一个时隐时现的剪影，在空荡荡的餐厅里飞奔。

有那么一瞬间，我感觉自己迈不动步子，但我还是马上跑到了水边。我的脚在碎石上扭到了。海浪拍打着海滩，激起一波波浪花，碎石子也在咯咯作响。海里仿佛有个黑色的巨型怪物在移动，我的胃里一阵痉挛。是海怪把她们抓走了！我敢肯定是这样！

我深吸一口气，尖叫起来："米米！米米！米米！米米！珀尔！珀尔！珀尔！"

大海咆哮着，吞噬了我的声音。

然后，我看到海滩上闪过一道亮橙色。梅森也看到了。他在挥手。他跑到岸边，我赶紧跟上他。我们一起从碎石子海滩上跑过去。我们走近才看到，那一抹橙色正是那双小小的长筒雨靴。有两个身影靠在一起，被风吹得摇摇晃晃。

"米米！"我尖叫着，"珀尔！"

珀尔抓着米米的裙子。她脸上面无表情，表情仿佛定格住了。可能是风把她的表情全都吹走了。米米的脸上皱纹太多，风吹不动，但也像漏了气的气球一样瘪了下来。

我蹲在珀尔面前，伸出双手："珀尔，我抱你好不好？"

她点点头。我把她抱了起来，她伸出双臂搂住我的脖子。她冰冷湿润的鼻尖紧紧贴着我的皮肤，但我一点儿也不介意。我努力忍住了眼泪。

"来吧，米米。"梅森说，"月亮在家里等你呢。"

这是他第一次叫她米米。

米米指向天空，云后现出了月亮的身影。

"月亮就在这里。"她说，"你们看。"

“没错。”梅森说，“但这里风太大了。在你的花园里会舒服一些。”

他挽着她的手臂，牵着她走上海滩。我匆匆瞥了一眼大海，紧紧地抱住了珀尔，跟上了他们。

“现在你不会被怪物抓走了。”我说。

“什么怪物？”珀尔问。

“海里的怪物。”我说。

“你在说傻话！”她说，“世界上没有海怪。”

她在大笑，我也跟着笑起来。紧接着，我的眼泪忽然夺眶而出。

“傻！”她说，“你好傻。”她像是在对着我的耳朵吹泡泡。

西码头的上方有三群椋鸟飞到了一起，就像是波涛汹涌的大海上出现了一条摇摇晃晃的小船。然后，鸟群又开始盘旋，就像是一只小猫在追赶着自己的尾巴。

CHAPTER 19

◎皱起了眉

爸爸站在大街上，头发被风吹得凌乱。他脸上的表情也同样凌乱。我正抱着珀尔，梅森紧紧拉着米米的手。

“我看到门开着。”他说，“一切都还好吗？”

我点点头。

他皱起了眉头，仿佛整张脸都皱了起来。珀尔向他伸出手，然后扑进他的怀里。

“诺亚还好吗？”我问。

“还好。”爸爸说，“他的伤口缝了针，状态还好。我和你妈妈一起把他送回了家。”

梅森向米米转过头。“我现在得走了。”他说，“但月亮还在等你呢。”

米米点点头。她的头发垂到了眼前，梅森帮她把头发弄起来，然后指着天空。一弯银色的月亮，悬挂在云层之间。

“就在那儿，”他说，“你看。”

◎一遍又一遍

米米径直走进了花园，开始和月亮说话。

海鸥在棚顶鸣叫着。

基亚、基亚、基亚、基亚、基亚、基亚、基亚、基亚、基亚、基亚、基亚、基亚——

基亚、基亚、基亚、基亚、基亚、基亚、基亚、基亚、基亚、基亚、基亚、基亚——

一遍又一遍。

◎一天处理好一件事

爸爸和我挤在沙发上，珀尔靠着我们睡着了。托马斯蜷缩在它自己的窝里。米米已经去睡觉了。

“现在，”爸爸说，“你是不是要告诉我究竟发生了什么？”

“我们当时在玩捉迷藏。”我说，“然后米米把珀尔带到海滩去了。我还不确定她为什么这么做，但我想她可能是有点儿迷路了。”

这些话的内容肯定让爸爸很震惊。

“她最近已经做了好几件奇怪的事了，对不对？”爸爸说，“她开始有点儿健忘了。”

我点点头。“请不要跟妈妈说，”我说，“她可能会想把米米关起来，或采取一些类似这样的措施。”

爸爸皱起了眉：“你这么说你妈妈可是有点儿过头了呀，是不是？她只会尽量确保一切都保持最佳状态。”

“没错，但她也总会把事情设想成最坏的局面。”

“那就是和你有点儿像啦。”爸爸说。

我噘起了嘴。我感觉此刻的自己像是个两岁小孩。其实，我也确实想要变回两岁。我把头靠在爸爸的肩膀上，我很想念他。

“我当然得告诉妈妈。”他说，“你是她的女儿，米米是她的妈妈。”

我的眼里马上盈满了泪水。我擦掉眼泪，但眼前的一切都变得模糊不清。

“如果她做出更多奇怪的事情，那可怎么办？”我问。

“那我们就一天处理好一件事。”爸爸说。他叹了口气：“有时候，活在当下是最好的办法。我知道，你总是在等一切变得完美的那个时机，艾瑞丝，但可能现在就是那个完美的时刻。”

我把脸埋进他的毛衣里，呼吸之间全是香蕉和肥皂的味道。我们一起坐了很久。

然后他说：“你能在我回家之前给我看看那两条手链吗？”

我从壁炉架上拿下手链给他，然后跑回自己房间，取下了科拉尔和米米的照片。

“我和米米一起洗出来了这些照片。”我说。

“在浴室里吗？”爸爸问。

我点点头：“你以前就知道她会这样洗照片吗？”

爸爸笑了：“米米以前在家里洗过可多照片了。丽纳经常给她打下手。”

“看，她俩都戴着手链。”我指着照片上的米米和科拉尔。

“多美的画面啊。”爸爸说。

珀尔轻轻哼了一声，抖了一下，然后就醒了过来。她看起来像是随时要发出尖叫一样。

“嘿！你好！”爸爸说，“回家时间到。”

◎不是她的家人

妈妈带米米去看医生了。米米要做个全面的检查。她检查了视力（她需要一副度数更深的眼镜），她感受到的疼痛是正常的（毕竟她已经老了）。今天又发生了这么一件事——她开车送我和梅森去学校，把我们在校门口放下。我们走进操场时，米米下车对我们挥手致意。

“祝你们今天过得愉快，亲爱的孩子们！”她喊道，“好好生活，好好去爱，好好学习。”

这真是极度尴尬。

“我不是她的家人。”梅森这么喃喃自语着，我们便走过了操场。

还好我平时都是走路上学的。

◎隐形

我把那篇时光机的作文交给了夏尔玛老师。她很喜欢。我不想把这篇文章读给全班听，所以她把我的作业钉在了墙上展示。

“艾瑞丝写了一篇精彩的文章，表达了她对科学家发明时光机的希望。”她说，“她实际上说的是全知视角——在事情实际发生之前，就能知道将要发生什么。除了时光机，谁还能想出其他可以帮我们预测未来的东西吗？”

“历史。”有人回答。

“是的！”夏尔玛老师说，“回顾过去发生的事情，也是思考未来可能发生什么的一种方法。”

梅森举起手说：“拥有超能力的话，也可以！”

“呃，也是。”夏尔玛老师说。

“我确实拥有某种超能力。”他继续说。

（我认为他现在就应该打住话头。但他没有。）

“我可以让自己隐形。”他说，“只要我闭上眼睛，我就消失了。”

“是我们消失了，傻瓜。”有人说，“如果你闭上的是你自己的眼睛，你只是看不到我们而已。我们还能看到你。”

每个人都笑起来。

梅森闭上了眼睛。“现在，你们都消失了。”他喃喃自语道。

我看得出他的脸在发烫，但他还是没有放弃。

教室里的笑声越来越大。

“好了，好了。”夏尔玛老师说，“不要说了。这个答案不错，梅森。我想你的意思是你可以让其他人消失。很好。”

没有人认为这有什么好的，梅森也对此心知肚明。下课铃一响，他就跑出了教室。

我跑出去，在后面追赶着他。“我认为这个方法还是挺机智的。”我说，“就是你让自己隐形的方法。”

“不，你才不是这么觉得的呢。”他说。

◎迷你胡萝卜

我放学回家时，妈妈正从李和丹尼家走出来。她看起来很沮丧，仿佛变成了一个松了线的木偶，嘴角向下掉，眉毛向下垂。

“艾瑞丝。”她叫了我一声，然后伸出手臂搂住了我的肩膀。

屋子里，米米在沙发上睡着了。我吻了吻她的额头，然后跟着妈妈走进了厨房。桌上放着一个超市买来的蛋糕，上面有迷你胡萝卜作为装饰。

“吃点蛋糕吗？”妈妈问。

“不吃了，谢谢。”

“好吧。”她说。

她把水壶灌满水，心不在焉地端起来。有一些水滴溅到了她的鞋上。

“你怎么了？”我问。

这一瞬间，她露出了犹豫的表情。

然后，她还是说出了口：“米米开始出现失忆的症状了。”

我的心开始下坠，仿佛一落千丈。

“这意味着什么呢？”

“医生告诉我们，她的记忆力已经大不如以前了，这是失智症的表现。”

其实，我早就已经意识到了这一点。但此刻我还是感觉自己像是在房间里被弹了起来，然后又从墙上反弹回来。我非常缓慢地点着头，想要让时间停止在这一刻。

“你愿意和我一起回家住吗？”妈妈问，“还是说，你更想留在这里住？”

“我不想回去！我为什么要回去？”

我必须控制自己，不能尖声叫喊。我不想让米米听到。

“我来这里已经两个月了。”我说，“一切都很好。”

“不太好。”妈妈说，“米米上次可能会让珀尔走丢。”

“她没有弄丢珀尔，”我说，“再说了，珀尔才两岁，而我快十一岁了。米米对我来说是完美的朋友，其实我们相处起来真的就像是同龄人一样。我是说内心世界。”

我的眼眶里充满了泪水。这就和潜入水底一个感觉，虽然我的脚现在仍然能触碰到地面（差不多能吧）。

妈妈也哭了起来。据我所见是这样。

“我能帮她记事情。”我说，“我们一起还能玩得很开心。”

妈妈叹了口气。“我想，对米米来说，我总是年龄太大了。”她说，“哪怕以前我还只是个孩子的时候，我也总是过于成熟。你可能才是陪伴她的完美人选。”

“我就是很完美。”我说，“你现在才知道吗？”

我在努力摆出微笑的表情。

妈妈放下水壶走了过来，我们拥抱在一起。这是我想要延续到永远的那种拥抱。

“你不会还有什么秘密计划吧？”我说，“关于以后怎么安排米米，或者怎么安排我。”

“没有。”妈妈说，“我保证没有。你如果遇到了任何问题，马上告诉我就好。李和丹尼也会格外留意米米的情况，当然还有你。但如果你有需要，就必须主动寻求帮助。或者说，如果有任何事情让你担心，你也要告诉我。你能答应我这一点吗？”

“我保证。”我说。

“那就好。”妈妈说。

然后她穿上外套，和米米吻别，走出门去。

◎茶和蛋糕

“你为什么这么难过？”米米说。

我们坐在沙发上，但我不能正面看着她。我可能会哭。

“怎么了？”她问道，“出什么事了吗？”

“妈妈说你身体不太好。”我嘟囔着说。

“我很好啊！”她说。

她跳了起来：“看我多健康啊！”

她在托马斯的窝和沙发之间跳了一小段舞。她穿着拖鞋的脚四处游走。科拉尔的照片飘到了地毯上，她捡起来又放回了壁炉架上。然后她便坐了下来。

“我也没指望医生会告诉我说我的记忆还会慢慢恢复。”她说，“我早就知道自己的情况了。”

“噢，这样子。”我说。

“我怎么可能不知道呢？”她说，“李和丹尼也知道，我敢肯定。可能他们的狗狗也知道。我以前有次还给它们点了茶和蛋糕。”

“给那些狗？”

她笑了起来：“没错。当时我们在咖啡馆里，场面真是有点儿尴尬。”

我一下子不知道该笑还是该哭。

“有时候，”她说，“我的大脑里就像漫起了大雾一样。我不确定发生了什么。但大部分时间我还是不错的。比如现在就很好。我还可以跳一点儿舞，而你可以继续保持这样可爱的状态。以后这样的状况也能接受吧？”

我想起李说的那句“我难道还有别的什么地方可去吗”，便点了点头。

◎胡子和宽松的裤子

米米穿过马路去看李和丹尼了。我记下了那个词语，但我不想大声说出来。我要让梅森读一读。我知道他会说些傻里傻气的话，这样会冲淡我内心的难过。所以我在一张纸上写下了“失智症”三个字，折起来放在口袋里。然后我便从树篱间钻了过去。

梅森正在厨房里，摆出一些舞蹈动作。平时我会故意让他看到我在笑（冷笑），这次我却假装没看见他在干什么。我轻轻敲了敲窗户，他跳着霹雳舞到了门口。

“你想吃点胡萝卜蛋糕吗？”我说。

他点头如捣蒜。

他飞快地穿过了我身后的树篱，马上我们就一起坐到了厨房里的桌子前，凝视着那个完美的漂亮蛋糕。

“这蛋糕不是米米做的吧，对不对？”梅森问。

我摇摇头表示不是。我什么也没说，只顾着在脑海里想着：不是她做的，否则这个蛋糕看起来就会像是一块烧焦的大饼干一样。

我没说出口。我只说了一句：“米米的情况和你爷爷的一样。”

“什么意思？也长着胡子，穿着宽松的裤子？”

我把折好的纸递给他。他只有一半心思对纸上的内容感兴趣，另一半心思只想着要吃蛋糕。他的眼神不断地飘向蛋糕。

“读出来吧。”我说。然后他照做了。

“她得了失智症？”

我点点头。

“这太让人难过了。”他说。

我也不知道他是不是在开玩笑。我在等着他笑出声来，或是用手指去蘸糖霜吃，但他没有这么做。

“你现在想吃蛋糕吗？”我说。

“好，谢谢。”

我给他切了一大块，放在盘子里。

他一言不发地吃光了。我不确定他有没有真的享用到蛋糕的美味。

◎笔记和丝带

梅森吃了太多蛋糕，他开始觉得有点儿反胃，便赶紧回家了。米米回来时，她亲了我一下，跟我道晚安，然后就直接上床睡觉去了。我穿上睡袍，刷了牙，爬到她身边。她已经进入了梦乡。

这样的夜晚似乎可以延续到永远。我躺在那里，被纸条和丝带包围着。米米在我身边发出轻轻的呼吸声。我每每闭上眼睛，没过多久又会再次睁开。

因为我感觉一切都乱了套。就像是有人拿出一本故事书，又把所有的书页都扔到了空中，大家都对事情的顺序毫无头绪。米米的记忆正在消逝。那个长得像我的小女孩至少活到了十岁，但米米没有任何印象了。而我，却需要一个两岁的孩子来告诉我，世界上根本不存在海怪这样的东西。

我终于睡着了。然后，我梦见了椋鸟群、海鸥和那个失踪的女孩，她从迷你胡萝卜上跳了过去。我终于一觉睡到了天亮。

CHAPTER 20

◎锚

我用两张纸把米米的备忘录抄了下来，然后带到楼下。她正在厨房里洗碗。

“米米，这是我专门为你做的。”我说。

她转过身来：“给我的吗？”

我点点头。

她在围裙上擦干双手，拿起我写的备忘录清单，在桌旁坐下看了起来。我不敢看她的表情，我怕她会生气。

“我真的把鱼挂在晾衣绳上了吗？”她问我。

“是的，”我说，“然后被海鸥吃掉了。”

“好吧，我希望海鸥喜欢这个口味的鱼。”她说。

米米终于读完了（她读了好一会儿）。她站起来，对我伸出双手。

“你能为我做这么多，真是太棒了。”她说。

“你不生气吗？”

“当然不生气。当你在海上漂流的时候，锚总是多多益善。这些备忘录，就是我的锚。”

她伸出双臂搂着我，我们紧紧地拥抱在一起。我想象着海浪在我们周围拍打，而我们却能轻松自如地在水上漂浮。然后她走进客厅，拿来了一卷胶带和另一张纸。她把我的两张清单贴在了冰箱上，第三张纸也贴在旁边。

“你知道那只是一张白纸吗？”我问。

米米眨了眨眼睛：“谢谢你，艾瑞丝。我知道那只是白纸，但用不了多久，我们就会在上面写更多内容的。”

◎不要穿着围裙去海边

大约只过了十分钟，那张纸就不再是空白了。后来米米和李一起出去散步，她走出门的时候穿着羊毛紧身裤、靴子、裙子、套头衫和围裙。我让她把围裙给我，然后给她重新穿上一件外套，又帮她戴上帽子。

然后我就开始在第三张纸上写字了。

◎米米的备忘录

三十八、对于十一月的气温来说，穿围裙没有保暖效果，在海滩上尤其如此。出门要记得穿件外套。

◎照片盒

梅森打算帮我一起检索米米的照片。我们得找到十岁（或至少是两岁以上）的科拉尔照片。因为这可能会让米米又想起来过去的情况。当梅森看到我房间里有多少盒照片时，他不禁嘴巴大张。

“好吧，”他说，“我希望这些照片内容还算好玩吧。”

我们一次只打开一个盒子，把照片摊在地板上翻翻找找。梅森发现照片都很有趣。至少乍一看都还是挺好玩的。他把每一张照片都仔细看了看，而不只是拿起以后瞥一眼，然后就放下——他总会露出一个恰到好处的表情，然后对照片发表几句评论。接着他又把自己最喜欢的那些照片集成了一堆。这真的太耗时间了。

梅森最喜欢的是：

孩子们在海滩旁的充气城堡上蹦蹦跳跳。

人们排着队，等待进入皇宫码头的宾果游戏厅[1]。

一个男人肩上扛着躺椅，努力保持平衡。

[1]　在英国，宾果游戏通常在一些比较大的游戏厅中进行，有现金兑奖，也有非现金兑奖。晚上进行的宾果游戏的规模会更大，奖金额也偏高，会吸引更多的游戏者。

西码头遗址的上空飞满了椋鸟。

人们在皇宫码头的躺椅上吃着冰激凌。

海滩上的一只红色救生圈上，栖息着一只海鸥。

风把一张躺椅高高掀到了空中。

米米大约十岁的样子，戴着一顶女招待的褶边帽，系着一条尺寸太大的围裙。照片的背面写着她的全名米米·巴特沃斯。

但科拉尔唯一的照片就是站在沙滩上的那张。她大约两岁，穿着白领连衣裙。

“唉，好吧。”梅森说，“至少我们也算努力过了。”

他感到有点儿厌烦，想回家了。

◎柠檬

米米站在客厅，她穿着外套，戴着帽子，手里还拿着一副手套。她看起来忧心忡忡的。

“我想这手套是李的。”她说。

“给我吧。”我说完就抓起手套，跑出了门。

李正在路上走着，我追上了他。邦尼站在门口，抽动着耳朵；罗拉用鼻子顶着一个球。

“艾瑞丝，你最近还好吗？”李问道。

“对不起，关于米米的情况，我之前没跟你说实话。”我说，“那次她确实是在海滩上迷路了。”

（我不假思索就说出了这些话。）

“我知道，”李说，“不用担心。不过，下次如果有什么状况，请随时告诉我们。”

我点点头。

“如果我能帮米米找回一些丢失的记忆，她会不会有所好转？”我问。

“我不确定这个方法会不会有用。”李说，“不过，能拥有往日的回忆总是一件好事。特别是那些开心的事情。我敢肯定，米米会想要拥有更多快乐的回忆。”

“好的。”我说。

我把手套给他，他从口袋里掏出钥匙。我的最后一个（也是最可怕的）问题突然又在脑际闪现，而他正要推门进去。

“你觉得，如果我这样帮她，会发生什么呢？”

他呵呵地笑了。

“有一种说法，”他说，“如果生活给你一颗柠檬，就用它做成一杯柠檬水。你以前听过这个说法吗？”

“没听过。”

“这意味着，不论生活给你带来什么样的境遇，你都要去充分利用一切。你可能认为柠檬有点儿太酸了，而你明明更喜欢草莓，但如果你手头只有柠檬，那至少还能做出柠檬水来呢。”

“是这个意思。”我说。

（我想，我明白他想表达什么了。）

“这就是接下来将会发生的事情。”他说，“我们会做出柠檬水。我、丹尼还有你和你的家人。我们都会尽自己所能做到最好。”

他打开门，他和狗狗都往屋里走去。李还是走在他自己那条空气静止的小隧道里。邦尼的耳朵还是动个不停。罗拉把球推过了台阶，跟着进了房子。

◎趁我还记得

我的床上放着一个信封，上面写着我的名字，是米米娟秀又细长的字迹。我打开信封——

亲爱的艾瑞丝：

趁我还记得，我想我要告诉你一些关于我的事情。

我曾经也跟你一样，是十岁的年纪。真的哦。我那时候有着全世界最长的头发，因为大人不准我剪头发。有一天，我找到了一把剪刀，自己把头发剪掉了。我妈妈很生气，而当时只有我和她在家，所以我没有任何借口可找。如果家里有十二个孩子，她可能不会注意到其中有一个剪了头发。

当我十一岁的时候，我的梦想是成为一名宇航员。不过，那时人类还没有登上过月球，只有一只狗曾经去过。

我还曾经是十二岁。而你也很快就十二岁了。我喜欢十二岁的那段时光。我经常帮我妈妈在西码头餐厅清理餐桌，工作结束后她会和我沿着海滩散步。有时我们还会去游泳。

你的外公，也就是和我结婚的那个人，他非常多愁善感。你出生的时候，你说出第一句话、迈出第一步的时候，你做出一些有趣、聪明或是傻乎乎的事情时，他都哭了。你笑的时候，总是会给他在身边准备一杯水，因为你怕他会哭到脱水。而我们看着西码头变成废墟，被海水淹没的时候，我们都哭了。

你的妈妈丽纳以前也是个可爱的孩子。我给她起名叫丽纳，因为这个名字的字母打乱之后也可以拼写成“靠近”[1]，而我希望她能离我近一些（我想她不知道这个原因）。她确实一直在离我很近的地方生活，我的丽纳。

附上一张我年轻时的照片，以前是你外公拿着的。我当时刚从海滩上拍完照回来。照片上的我小心翼翼，想要保持一动不动的姿势，因为我不想拍模糊了。我认为这张照片很棒。

给你我所有的爱，

米米

我晃了晃信封，一张黑白照片掉在了床上。这是年轻时候的米米，她站在自己家的前门，手里拿着相机。她穿着一件非常短的印花连衣裙，脚上穿着一双及膝的白靴。她保持着静止的姿势，除了她的双脚——她看起来像是在用脚尖轻轻点地。

[1] 丽纳的英文是“Rena”，也可以打乱顺序变成“near”。

◎屋顶

米米正在客厅沙发上坐着。外面天快黑了。

“谢谢你的信和照片。”我说。

“不客气。”她说，“是我应该谢谢你。”

我在她身旁坐下，我们一起看着暮色逐渐笼罩了整个房间。月亮在窗户的一角探出头来。

“你总是和月亮说话吗？”我说。

米米笑了：“哦，确实啊。我都跟月亮说一辈子话了呢！你没有试过吗？”

我摇摇头。

“你确实应该是没有试过。”她说，“因为你喜欢跟海鸥说话。但是，月亮的好处在于，你走遍全世界都只有一个月亮，而且它也不会到处跑。”

一群椋鸟在天空中滑翔着，在马路对面的房屋上短暂落脚，然后又飞过屋顶，飞往大海的方向。

◎梦境

我正在床上看书，忽然听到了敲窗户的声音。一定是梅森来了。我跳起来拉开窗帘，果然是梅森，他穿着睡衣、戴着羊毛帽子站在外面的平屋顶上，挥舞着一张纸。他看起来很着急，仿佛要爆炸了一样。我打开窗户，冷风马上灌进了我的房间。

“科拉尔并没有淹死在那条沉船上！”他压低声音

说道，“阔特曼先生救了她！”

“什么？”

“开模型店的那个人！是他救了她。我在网上搜索了科拉尔·巴特沃斯这个名字，然后找到了这个。我给你打印出来了！”

他把那张纸塞到我手里就走了。他穿过平屋顶走回了自

己的房间，然后关上了他房间的窗户。

◎海胆号

梅森打印的是一篇报纸上的文章，日期是1946年8月。内容是这样的：

1946年5月8日，早晨一切平静，阳光明媚。到了下午，忽然吹来一阵强风，还伴有意想不到的巨浪。在罗廷丁海岸[1]外，游船“海胆号”陷入险境，努力维持漂浮状态。来自伊斯特本的一艘渔船“蓝月号”看到遇险的游轮，迅速赶到“海胆号”一侧，但抵达时“海胆号”恰好倾覆。“蓝月号”克服重重困难，设法救出了大部分乘客，仅有两名乘客不幸遇难。获救乘客中，年龄最小的孩子名叫科拉尔·巴特沃斯，是一个年仅两岁的女孩。不幸的是，孩子的父母未能获救。那位勇敢的英雄哈罗德·阔特曼先生，因其助人行为而受到社会各界的高度赞扬。

我前前后后一共读了三遍才理解这篇报道。确实，一切

[1] 罗廷丁是英格兰南部海岸布莱顿市的一个村庄，这里的景色经常成为明信片上的主题内容。

都说得通了。至少有些要点都能说通。米米说得对！船沉没的时候，科拉尔确实是两岁！不过，科拉尔被阔特曼先生救了！手链也一定就是这样到了他的店里。但往后又发生了什么？

我熄灭了房间的灯，看着窗外。海鸥栖息在棚顶，正在看着我。她的眼睛闪闪发亮。

“科拉尔没有在那条船上遇难。”我低声说，“她至少活到了十岁。甚至还有一种可能，她后来搬去了米米和她妈妈那儿一起生活，只不过米米不记得了。”

海鸥点点头，然后叫唤了十二次。她可能会说，这些事情一点儿也没让我感到吃惊。还有可能，她叫十二声是想告诉我科拉尔活到了十二岁。

◎入睡以后

我终于睡着以后，科拉尔便溜进了我的梦中。我一会儿看到两岁的她站在沙滩上拿着冰激凌，一会儿看到她和米米玩耍，一会儿又看到她穿着绿色连衣裙和黄色开衫在西码头滑滑梯。她微笑着，从始至终都在微笑。

有时，她就是我。

◎恰到好处的神秘感

我和梅森一起去上学，一路都在谈论报纸上那篇文章。

“至少我们现在知道，手链是怎么到了阔特曼先生那儿的。”梅森说，“是科拉尔给他的。”

“没错。”我说，“但还有我们不知道的事。为什么阔特曼先生救她的时候她才两岁，而电影里的那个女孩却是我们这个年龄？而且她也戴着手链。”

“也许科拉尔曾经两次都在将要沉没的船上，阔特曼先生救了她两次。”梅森说。

“我对此深表怀疑。”我说，“那科拉尔也太不幸了吧，怎么会这么巧呢？而且，阔特曼先生是渔夫，又不是海岸警卫队的成员。”

“你认为科拉尔搬到米米那儿去住了吗？”梅森问，“而米米完全忘了这回事？”

“我是这么想的。”我说，“她没有其他人的家庭可以去住了。”

“问问你妈妈呀。”梅森说，“也许她知道。”

“我确实问过她。她说家里从来没人提到过科拉尔。她只知道科拉尔在船沉没的时候去世了。”

“你不会觉得你妈妈也失忆了吧？”梅森说。

我想了想妈妈的样子，她的头顶仿佛总有抽动的触角，她一直都擅长抓住任何信息。我摇了摇头。

“我妈妈从来不会忘事，她什么都记得。”我说，“只要有人跟她提起过科拉尔的事，她就绝对不会忘的。”

我们俩对视了片刻。

然后我说：“不管当时究竟发生了什么，我们已经找到了真相，所以我们可以去告诉米米了。”

◎悬赏二十英镑

我们在糖果套间看店，安吉正在楼上整理她的圣诞装饰品。这时候进来了一位女顾客，她戴着一顶羊毛帽子，里面探出卷发的波浪。她神色很慌张。

“很抱歉打扰你们。”她说，“今天早上我把钥匙弄丢了，我可以在你的窗户上贴个告示吗？”

“我去帮你问问。”梅森说。

他跑到商店后面，沿着楼梯上去了。

“你要不要买点糖果？”我说。

（我想糖果可能会让她心情好一点儿。）

“不用了，谢谢。”

“我可以给你一些太妃糖，免费的。”

她摇摇头："不用，谢谢。真的不用。"

其实我听到她的拒绝也有几分高兴。可能太妃糖会让她这一天的心情更糟糕，而现在这一天已经有点儿被毁了。

梅森回来了，手里拿着一卷胶带。

"我姨妈说，我可以帮你把告示贴在窗户上。"

"谢谢你。"这位女士说。

她递给梅森一张纸，上面写着：

您有没有看到过一串钥匙？

提供线索可以获得二十英镑的奖金。

下面还留着一串电话号码。

"二十英镑！"她走后，梅森马上惊呼起来，"我们就应该自己去找钥匙。"

我点点头，但我想的不是那二十英镑的事情。我忽然灵机一动。

"我们要不做张海报来搜集关于科拉尔的信息？"我说，"我们可以贴上一张照片，然后把海报放在橱窗里。如果安吉不介意的话。"

梅森惊叹着吸了口气："这个办法真是聪明绝顶！"他话音刚落，便已经又跑上楼梯去问安吉了。

他欣喜若狂地下来了：“她说可以！”

“我会问米米，我们可不可以在暗房里冲洗照片。”我说，“你也可以一起来。”

◎恰如其分的黑暗

米米担心她已经忘了设置暗房的方法，但后来事实证明，她的记忆都准确无误。梅森也来了，和我们一起挤在浴室，所以这个空间瞬间感觉很逼仄。这里压根儿就无法容纳三个人，尤其当其中一人还是梅森时，就更容纳不下了。当米米熄灯时，他尖叫起来。

“哇！我以前从没有在这样的暗房里待过。这是真实又恰如其分的黑暗。”

他到处跳来跳去。当米米摁亮红灯时，我才松了一口气。

我们洗出了科拉尔站在沙滩上拿着冰激凌的那张照片，不过这次我们放大了尺寸，比壁炉架上那张要大。照片上的她正在眯着眼睛看太阳，我们可以看到她手腕上的手链，还能清晰地看到她手上的冰激凌正有一小滴在往下掉。梅森简直不敢相信自己的眼睛。

“哇！哇！哇！”他大喊着。

◎你还记得这个女孩吗？

我们没有把做海报的事情告诉米米。但是，当她和李出去散步时，我们马上就开始行动了。我们把科拉尔的照片贴在一张纸上，然后写道：

> 您还记得这个女孩吗？
>
> 她的名字叫科拉尔。
>
> 如果您有任何线索，请进店告诉我们。
>
> 我们会为您送上一份奖励。

设置奖励是梅森的主意。他想把太妃糖送出去，但如果进来提供信息的是一位老人，那我们就把奖励换成帕尔玛紫罗兰糖，因为他们可能已经没有牙齿了。

安吉允许我们把海报贴在店门上。

“我会在它周围挂一些彩色的圣诞装饰带。”她说。

CHAPTER 21

◎无事发生

什么都没发生。没有人走进糖果套间告诉我们，说记得科拉尔。商店里摆满了圣诞装饰品，我和梅森帮安吉在闪闪发光的圣诞袜里装满了糖果和彩棍糖。

爸爸填好了砖块上的孔洞，这样可以防止发霉。脚手架也已经从房子后面拆了下来。现在他只要再粉刷我的房间就算是完工了。米米开始在罐头、橱柜门、衣服和钟表上都开始贴上自己的便条。

布莱顿到处都亮起了圣诞灯饰，灯光一直延伸到各个城镇，一路到了海岸线。爸爸妈妈也尽可能地常来看米米。（其实他们来得过于频繁了，妈妈肯定都想搬过来住了。）梅森妈妈考过了驾照，还带他登上了海滩上的瞭望塔去庆祝。他认为他当时看到了一条鲨鱼。（我想他看到的并不是鲨鱼。）我做好了几个模型飞机，然后和梅森一起玩，让它们飞过树篱，一直玩到模型散架才停下来。李或丹尼大部分时间也会过来，李和米米会一起出去遛狗散步。米米时不时还是会露出要跳伞却又弄丢降落伞的表情，有时又是好好儿的。我每次都无法预测她的状况，但我也不介意。

大多数情况下，她的状态还是不错的。

◎拍打翅膀

梅森在学校朗读了他的说服性议论文作文。他站起来，微微鞠了一躬，然后便开始读了。

“亲爱的校长，”他说，“糖果套间的夜魔太妃糖是全世界最好、最耐嚼的太妃糖。我认为，学校每学期都至少要给每个同学派发一次夜魔太妃糖。”

他看起来一副郑重其事的样子。

“我的第一个理由是，”他继续说道，“这些有幸得到太妃糖的孩子一定会努力学习，因为太妃糖能有效地改善心情。虽然会有人认为这让孩子们吃了太多甜食，但我还是相信，每学期这样给学生一次小小的奖励，总会利大于弊。这样一来，这里肯定会成为布莱顿地区最受欢迎的学校。

“给孩子们吃夜魔太妃糖的第二个理由是，这种糖实在太黏了，会把上下牙齿粘在一起，这样每学期我们至少会享受到半小时的安静课堂。学校也应该给老师们派发夜魔太妃糖，作为对他们辛勤工作的奖励。这会让教室氛围更加欢乐，因为老师们牙齿粘住以后也不能批评学生了。

“最后一个理由是，吃夜魔太妃糖是一种不可多得的体验，每个人一生中都应该至少要尝试一次才对。这种糖的存在，简直堪称世界奇迹。”

他装出正在咀嚼的样子，看起来真的很搞笑，每个人都笑了起来。

“这种太妃糖之所以特别，是因为它是在海边制作的，海鸥飞到上空拍打翅膀，在沙滩上把太妃糖风干。”

他像鸟一样挥舞着手臂。

“然后，你猜怎么着？”他继续说。

他又微微鞠了一躬。

“它尝起来还是太妃糖的味道。”

每个人都笑了。甚至包括我在内。梅森感到很自豪。

“你表现得很好。”我在回家路上告诉他。

◎星星饼干

米米出去了，李和丹尼陪着她。我正在做星星饼干，梅森突然出现在厨房的窗前。他跳上跳下，胡乱挥舞着手臂，看起来就像是刚从蹦床上掉下来一样。我打开门，他马上冲进了厨房，同时挥舞着手里的一张纸条。

“科拉尔去了糖果套间！”他喊道，“她还活着呢！”

“你说什么？”

他把那张纸放在我眼前：“快读出来！”

纸条上写着科拉尔·阔特曼（Coral Quarterman），下面还留了一个电话号码。

“我没搞懂状况。”我说，“这是什么意思？”

“这是科拉尔啊！”梅森说，“就是米米的堂妹。她去了安吉的店里，留下了电话号码。她还活着！”

“但她已经死了很多年了。”我说，“她不可能现在又忽然活过来了。”

“她还活着！她现在已经很老了，安吉都见到她了。”

“但是上面写的名字是科拉尔·阔特曼啊！”

梅森耸耸肩。“也许，是阔特曼先生收养了她。”他说。

突然间，一切都变得逻辑清晰起来。米米不记得科拉尔，因为科拉尔没有去和她一起住。科拉尔一直和阔特曼先生住在一起。

我在厨房里跳起了舞，这一次我甚至都不介意梅森正在旁边看着。

“米米会多高兴啊！”我说。

“我们得给科拉尔打电话！”梅森说。

但我不敢，我太害怕了。

“去呀！给科拉尔打电话吧！”

“我不敢。”我说，“我真的不敢。”

我甚至都不确定自己为什么畏惧，但就是觉得非常害怕。

“好吧。”他说，“那就让你妈妈去打电话吧。记得告诉我后续啊！”

“我会的！”我说，“一定会！”

“给我一些饼干吧。”他说。

他能带上多少，我就给了他多少。这意味着我给了他很多饼干。

◎有事发生

我还没打算把科拉尔的事告诉米米，因为我还不确定这个消息会不会只是有人开玩笑或是搞错了，也担心事情哪里有问题。我在屋子里久久徘徊，努力让自己沉心静气。然后，我给妈妈发了短信：请下班后过来，有事情要告诉你。然后我又发了一条短信：是件好事。我怕她会以为是有什么可怕的事情发生，然后觉得必须搬来跟我和米米一起住才行。

她马上给我回了电话。

“你还好吗，艾瑞丝？米米没事吧？”

她听起来就像是被困在风暴中一样焦虑。

“我们都没事。”我说，“的确是发生了一些事情，但这是个好消息。你先过来吧，别告诉米米是我打电话叫你来的。”

◎耗尽精力的方式

妈妈以神速赶到，简直是冲过来的。她一贯都采用这种疯狂又耗尽精力的方式，所以我在她到达之前就差不多能感觉到她迫近的脚步。我打开门的那一瞬间，她就和双胞胎一起冲了进来。

“抱歉我带了他们一起来。”她说，“爸爸在粉刷你的房间，我没法把他们丢在家。”

双胞胎抓住我的腿，想把我拉过去。我感觉自己像是要被三尺巨浪拖下海里。

米米也出现在了大厅里：“可爱的宝贝们来了，真是给了我一个惊喜。你们俩要不要看《飞天万能车》？”

“要！要！要！”

他们终于放开了我，跑进客厅，爬上沙发。

“不要再把同一个片段放上一遍又一遍啦，米米。”我说。

“我为什么要这样做？”她问。

◎吃了一惊

我告诉妈妈我们找到了科拉尔，可她并不知道我说的是谁。我们在厨房的桌子旁坐下，妈妈用双手托着下巴，一脸困惑。

“就是米米的堂妹！壁炉架上照片里的那个女孩。”我说，“她并没有淹死。”

“那个戴着手链的女孩？”妈妈说。

我点点头。

“对不起，亲爱的，我还是没听明白。”

我不想真的去深入解释，我只想让妈妈赶紧给科拉尔打个电话。但我又得让她知道发生了什么事，所以只好把整个故事从头讲起。我首先告诉她，博物馆的电影里有个红头发的女孩，她看起来大约十岁，和我长得很像。我还告诉她，梅森在跳蚤市场买到了科拉尔的手链。我接着说到了装手链的那个盒子，居然是来自阔特曼先生的模型店，梅森的姨妈现在就在那个地址开着一家糖果店，而那个盒子最开始是她在阁楼上找到的。然后我告诉她，米米和科拉尔都是小女孩儿的时候，在海滩上曾经有一张合照，她们俩当时都戴着手链，而我们回到博物馆又看了电影，发现那个女孩也戴着手链。这就是为什么，我们知道科拉尔至少在十岁的时候还活在人世。我也跟她说了报纸上那篇文章，是阔特曼先生救了科拉尔。最后，我告诉她我们张贴海报的事，我们请路人提供信息，以帕尔玛紫罗兰糖作为奖励（其实我可能不用对她提到这个细节）。

然后我说："有一位女士去了店里，留下了这张纸条。她说自己就是科拉尔！所以，这说明科拉尔根本没有死。"

妈妈皱着眉头。有那么一瞬间，我感觉她已经发现了什么明显的纰漏，而她指出来之后我会尴尬到无地自容。但她什么也没说。

与之相反，她居然说："哇，艾瑞丝！你真的是很了不起！"

"不是我一个人的功劳。"我说，"还有梅森的一份呢。他就住在隔壁，是我的同班同学，手链和报纸上的文章都是他找到的。"

妈妈笑了。"嗯，所以你交到了一个朋友，我很高兴。"她说，"他是个好孩子吧？"

她真烦。她总是这样——瞬间转换话题。有那么一瞬间，我都做好了准备要开始和她拌嘴了。

但她接着说："好啦，现在是由你来打电话吗？还是换我来打？"

◎海姆立克急救法

我不想自己打电话，甚至都不想听到她们的电话内容。所以我把妈妈一个人留在厨房，然后跑回了自己的房间。因为，科拉尔可能并不想与我、米米或是我的任何家人联系上。事实上，她在糖果套间留下电话号码的原因，可能就是想有机会告诉我们别去打扰。

我从卧室的窗户往外看去，海鸥正在平屋顶上休息。她抬起头看了看我。

“妈妈在和科拉尔通电话。”我说，“科拉尔还活着。”

海鸥点点头。然后她叫了起来：基亚、基亚、基亚、基亚、基亚、基亚、基亚、基亚、基亚、基亚、基亚——她一共叫了十一次！我敢肯定，就是十一次！我打开窗户往外看，而她也正盯着我呢。

“是你叫的吗？”我问。

她把头偏向一侧。（这意味着刚刚就是她。）然后她又叫了起来：基亚、基亚、基亚、基亚、基亚、基亚、基亚、基亚——一共八次。有那么一瞬间我感觉很惶恐，认为她可能被小块儿的塑料噎住了，那我就必须实施海姆立克急救法才行。（到底能不能对海鸥实施海姆立克急救法呢？）但她看起来状态很好，一副泰然自若的样子。

"你到底在表达什么呢?"我嘀咕了一句。

她晃了晃脑袋,又鸣叫了二十次,然后便张开翅膀飞过屋顶,消失在我的视线之中。

我关上窗户,回到床上坐下。我感觉自己像是掉进了爱丽丝梦游仙境时的那个兔子洞,置身于另一个世界。也许海鸥是想告诉我,等我十一岁,或双胞胎八岁,或是二十分钟之后,一切疑团便会迎刃而解。也可能海鸥一直都只是在跟我开玩笑而已,当她栖息在别人家屋顶上的时候,她鸣叫的次数就不一样了。还有可能,她是想说实际情况从来不是表面上看起来的那么回事。

◎漫长得就像永远

我等着妈妈来房间找我,等待的感觉漫长得就像永远。她来的时候,满脸都是抑制不住的笑意。

"我刚刚和科拉尔通过电话啦!"她说。

她在我旁边坐下,坐在床上拥抱了我。我的心跳狂飙起来。

"她要买圣诞礼物,所以来了布莱顿,然后就看到了你的海报。"她说,"她来的时候总是会去那家店逛一逛,因为这会让她回忆起阔特曼先生。她说当时在门口看到了自己的照片，觉得这简直是此生最离奇的事。”

“她后来怎样了呢？”我问。

“阔特曼先生收养了她。”妈妈说，“阔特曼夫妇自己没有孩子，所以他们很高兴能收养科拉尔。她在伊斯特本长大，多年以后，阔特曼先生又搬到布莱顿开了那家店。但是，那时科拉尔已经长大成人，离开了家。她想他们一定是把手链收在了阁楼里，然后又彻底忘了这回事。”

“她还记得米米吗？”我说。

妈妈摇摇头：“不记得了，一点儿印象也没有。”

“为什么米米的妈妈当时没有收留她呢？”

“米米的妈妈那时候经济很困难。”妈妈说，“我想她当时没有能力再抚养一个孩子，尤其还是一个只有两岁的小孩。她当时还在努力工作，维持温饱。”

这真是一个悲伤的故事。我想到，米米一生都在想念着科拉尔。

“为什么没有人告诉她们这些事情呢？”我说，“她和米米本可以成为朋友的。”

妈妈叹了口气。“那都是七十年前的事了，艾瑞丝。那个时候，人们处理事情的方法和现在不同。他们可能认为，让科拉尔重新开始才是对她最好的安排。”她说。

“科拉尔现在有其他家人吗？”我说。

“有啊，”妈妈说，“她已经有孙子啦。她孙辈里年龄最小的那个男孩比你还要小两岁呢。她经常去看他。她现在还养着一条小狗。”

“她住在哪里？”

“住在一个镇子上，离这里不远。”妈妈说，“总之，这些事情你都可以自己问她。她这个周末就要来布莱顿看望米米啦。当然，她也想看看你。她过来的时候会穿一件黄色外套。”

“和她在电影里穿的那件黄色开衫一样的颜色吗？”

“什么？”妈妈问。

我耸了耸肩。我本可以解释一下黄色开衫的事，但我突然感觉自己筋疲力尽，不想再多说一句。我只想安静地坐着就好。

◎白日梦

我们在一起坐了很久很久，直到外面的天空渐渐暗了下来。这样的感觉太好了。妈妈忽然注意到了贴在我的床头的照片，她非常惊讶。

“那是我吗？”她说。

我点点头。

“我和米米一起洗的照片，”我说，“这一张是我最喜欢的。你看起来就像是在做白日梦。”

妈妈笑了：“好吧，不管你信不信，我以前确实常常做白日梦。现在我还是会这样啊，只要时机合适。”

“现在还是？”

她点点头：“那当然啦。”

海鸥飞回了平屋顶，叫了十一声，然后又叫了五声，再接着是十四声。她肯定是在说，实际情况从来不是表面上看起来的那么回事。

我把头靠在妈妈的肩膀上，闭上了眼睛，但就在这时，原本风平浪静的楼下突然陷入一阵混乱。珀尔在用她那可怕的声音尖叫着，诺亚大喊着“不能这样！不能这样！”，米米则在用她最大的声音唱着《真正的美味》。她的声音高亢而有力。

◎终于找到科拉尔

“我们必须准备一些帕尔玛紫罗兰糖。”梅森说，“我们说过，提供信息就有奖励。”

他在人行道上单脚蹦跳着，想看看维持另一只脚不着地的姿势，究竟能蹦多远。

“但是，提供科拉尔相关信息的人，就是科拉尔自己。”我说，“她可能不需要奖励。”

“承诺就是承诺。”他说。

他开始有点儿失去平衡，后来终于双脚脚踏实地地站住了。

“我想知道她是不是还是长得像你。”他说。

“我觉得不是。”我说，“她都七十六岁了。”

“我现在也可以想象你成了老奶奶的样子。你可已经挺老了呢，如果你能理解我的意思。”

我才不知道他这话是什么意思，我也不想知道。我没理他。

“总之，”他说，“我还有东西给你呢。”

他把手伸进包里，拿出那条小渔船。他把它漆成了蓝白相间的颜色，船帆之间挂着新的弦丝，看起来漂亮极了。

“这真是太美了！”我说。

“谢谢，”梅森说，“如果你喜欢的话，可以送给科拉尔。”

“你可以自己给她呀。”我说，“你会来

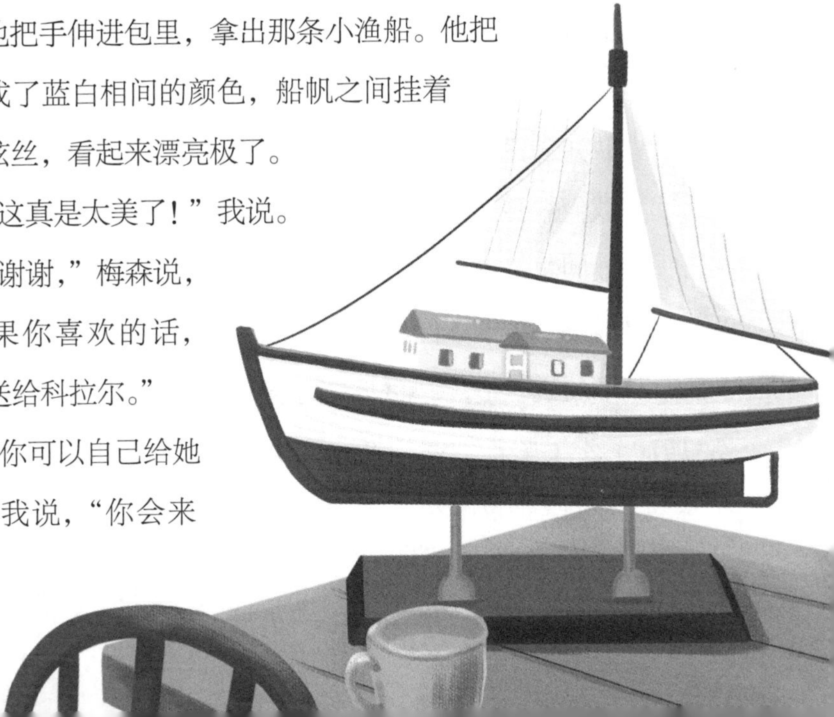

一起见她的，对不对？”

“我可以来吗？”梅森说，“哇，那我一定来。”

他瞬间喜笑颜开。

他把船放回袋子里，又开始单脚蹦跳起来，这次换了另一只脚。

◎不是梅森朋友的小姑娘

安吉戴着圣诞帽，正站在梯子上往架子上挂一些小小装饰品。顾客蜂拥而至，都在看店里装满了糖果的长筒袜。

“啊！”她说，“梅森，还有那个不是梅森朋友的小姑娘。”

我退了一步，这场面还是那么尴尬。她压根都不介意谁会听到这句话。

“我们找到科拉尔了。”我说。

“我知道，”安吉说，“你们很棒。”

“我们需要一些帕尔玛紫罗兰糖，”梅森说，“作为奖励。”

“没问题，”安吉说，“你们自己拿就好。”

梅森把罐子拿到了柜台前，舀了些小糖果装进袋子里。

“顺便说一下，”我（尽量小声地）说，“我现在和梅森是朋友了。”

“你们是朋友啦？”安吉说。

我点点头："是的，这样你就不用再那么叫我了。如果你不介意改口的话。"

"我一点儿也不介意。"她说。

她还给了梅森一些粘牙的太妃糖，我们离开时都放了一点儿在嘴里吃了起来。然后我们就沉默地走回了家，因为我们的牙齿都粘住了。

◎告诉米米

我们今天就要见科拉尔了，但我还没有告诉米米这件事。我不想让她担心。但是当我们吃早餐（烤豆和桃子罐头）时，我还是说出了口："我们找到科拉尔了，她还活着呢。"

米米的脸上似乎把每一种情绪都闪了一遍。前一秒她变得低落，然后她又情绪高昂起来，接着她又露出要跳伞但找不到降落伞的表情，最后她终于还是找到了降落伞（恢复了平静）。

"我不懂这是什么意思。"她最后说。

"你的记忆没有出差错。"我说，"科拉尔两岁时，确实发生了沉船事件，但科拉尔被救了出来，然后有人收养了她。你妈妈当时没法照顾她，所以她被另一个家庭收养了，然后搬出了布莱顿。"

米米看起来就像是一个人正在出海途中，却忽然发现自己不通水性。她的表情像是在寻找陆地一般。

“你没有忘记关于科拉尔的事情。”我说，“你后来确实再没见过她。”

米米努力微笑着。

“但你今天就会见到她

了，因为她今天下午就会来看你。我们约好了在海滩上会合。她会穿一件黄色的外套。”

米米的泪水夺眶而出，悬挂在睫毛上摇摇欲坠。她点点头，泪珠即刻滚落了下来。

◎科拉尔

这是一个寒冷的日子，天色苍白。科拉尔站在远处，她是一位裹着黄色外套的老奶奶。还有一个小男孩在她身后转来转去，轮廓像简笔画一般。还有一只小狗蹲在她的脚边等待着。

“那就是科拉尔。”我说。

米米笑了一声，声音有点儿奇怪，似乎隐含着痛苦，我都以为是头顶上的一只海鸥发出的声音。然后她脸上绽开了微笑。我伸出手臂挽着她，妈妈也做了同样的动作，但米米放开了我们的手。她开始（慢慢地）跑，头发往身后随风飘扬。她的手腕上戴着那条手链。

她的头巾从头发上滑落，掉在地上，梅森捡了起来。然后，我和妈妈也跑了起来，因为我们担心米米会摔倒（她没有摔倒）。双胞胎以为我们都在赛跑，所以他们在我们之间来回跑着，发出阵阵尖叫。爸爸和梅森加快了速度，因为担心双胞胎会摔倒（他们也没有摔倒）。我们都沿着海滩匆匆走过，先后经过了西码头。那片残骸仍在海中突起，风力发电田隐没在一片薄雾之中。

米米走到了科拉尔身边。她略微犹豫了一下，然后伸出双手。她俩都向前走了一步，拉近了两人之间的距离，紧紧拥抱在一起。她们保持着这个姿势，一动不动，仿佛要拥抱到天荒地老。小狗开始吠叫，那个小男孩也开始原地转起了圈圈，苍白的天空映衬着他黑色的剪影。

致谢

感谢每一个曾和我们一起留存西码头记忆的人。我拥有大量可用的信息，这让编写本书成为一种乐趣。我特别感谢布莱顿的西码头基金会。

我和许多患有失智症的人聊过，感谢他们每一个人——你们的故事为我提供了源源不断的灵感。

我一如既往地感谢八卦乌鸦出版社的出色团队给予我支持，也非常感谢科斯蒂·斯坦斯菲尔德的建议和鼓励，还有她历经多次考验的耐心。我还要感谢我的经纪人吉莉·罗素一直以来对我的信任，还要感谢罗布·比杜尔夫又一次给我设计了漂亮的封面。

我还要感谢凯思·豪尔和海伦·皮特斯数次和我聊天，给我提出建议，和我携手共进。我也非常感谢莎拉·韦瑟罗和我一起逃到了乡下，度过了美好又成果多多的一段时光。我也很感激麦克·亚当斯和我成为朋友，和我交流，并帮我找到了一个安静的工作场所。

最后，我也要一如既往地向家人表达感激之情。他们给我源源不断的支持和热情，最重要的是邓肯一直在为我解惑。没有你，我就无法完成这本书。

译后记

我在翻译这本《外婆的遗忘清单》之前就已经读过S.E. 杜兰特的另外两部作品：《我想要一片天》和《一路奔跑》。这两本都于前两年由广西师范大学出版社引进，都是我喜欢的儿童文学作品。《我想要一片天》中的主人公姐弟在孤儿院长大，一路跌跌撞撞，但最终收获了善意和温暖，靠不懈努力找到了属于自己的一片天。《一路奔跑》的主人公艾捷生活在一个特殊的家庭，他的父母都有阅读障碍，而一直帮助他们的外公去世了，他开始面临生活的难题……在这两部作品中，我深深感受到了儿童文学的治愈力量，杜兰特独特的笔触更是把这种温柔展现得淋漓尽致。

因此，当广西师范大学出版社的冒海燕老师和孙才真老师联系我时，我马上欣喜地接下了这本书的翻译工作。能为喜欢的作者翻译新书，这是一份不可多得的幸运体验。

在《外婆的遗忘清单》中，杜兰特延续了一贯的治愈风格，她关注的依然是社会边缘群体。《我想要一片天》让读者看到孤儿群体的困境和社会保障系统的运作，《一路奔跑》让读者更了解阅读障碍群体的日常生活。而这本书关注的则是那些逐渐失去记忆的老年人群体。主人公艾瑞丝面临一个大难题，她发现外婆开始患上了失智症，有时会认错家人，有时会忘了回家的路。她也开始担心外婆会彻底忘了自己这个小孙女，担心外婆会在外走失或遭遇危险……这本书中充满了对亲情和友情的探索，作者以小孙女的视角讲述了这一引人入胜的故事。

在故事开头，艾瑞丝家里的房间在装修，她便搬到了外婆米米家和她一起住。她很喜欢和米米住在一起，她俩相处愉快，也经常一起去海边。但是，米米忽然开始做出一些奇怪举动，她会在出门时把衣服穿反而不自知，在玩捉迷藏的时候忽然忘了游戏正在进行而跑去海滩，有时候还会把孙女艾瑞丝错认成女儿丽纳……于是，艾瑞丝开始意识到这一切有些不对劲了。

杜兰特讲述的故事总有一些不可弥补的残缺。《我想要一片天》中，姐弟二人始终无法找回父母，这是幼小心灵承受的永恒缺憾；《一路奔跑》中，艾捷父母的阅读障碍难以好转，这始终会给生活带来不便……《外婆的遗忘清单》中，外婆的老去则是不可逆的发展方向，是全家人必须要痛心接受的事实。疾病、衰老、记忆退化，这些都是人生中不可逃避的悲伤课题，但杜兰特想要通过这个故事传达的，正是在人生种种困境中永不言弃的信念。这个主题看似伤感，但读者最终会发现这是一本希望之书。

虽然作者并未言明，但我想故事中米米得的应该是失智症中的阿尔兹海默症。这种病症在失智症中占六到七成，最常见的早期症状为丧失短期记忆。故事最开始，米米便逐渐难以记住最近发生的事，后来更是慢慢连以前的事情也记不清楚。

让人难过的是，对于这种病症目前并没有可以逆转的治疗，只有少数方法或许可以暂时缓解或改善症状。不仅患者本身会面临种种生活上的困难，这对患者的家人来说也是巨大的挑战，因为患者会越来越需要照护，照护者肩上的负担也会日益加重。

我曾经看过一个关于阿尔兹海默症的演讲，其中提到阿尔兹海默症的危害和照护负担一直并不广为人知，因为患者本身往往失去了表达能力，而患者的家人也实在疲于照护，没有余力去媒体或网络上发声。而且，患者还会出现情绪失控的情况，比如这本书中原本性情温和的米米会忽然生气，扔了艾瑞丝送给她的瓷猫。因此也有许多医护者呼吁，阿尔兹海默症患者的家人也承受着心理压力，需要社会多方重视。

失忆的老人也会面临潜在的危险。我们经常会看到很多关于老人走失的新闻，而很多老人是一次又一次的走失，他们大多都是阿尔兹海默症患者。虽然有时患者能在警察的帮助下找回，但也时常会有不幸的事故发生。

很多患者和患者的家人都认为这是心理疾病，或者是“神经病”，因此都羞于承认自己或家人得病。这也让我联想到《外婆的遗忘清单》中小女孩艾瑞丝的情绪变化。最初，她意识到外婆已经开始有些不对劲，但她一直想要否认。她不愿告诉父母，也不想听到朋友梅森说米米的举止反常。每当梅森提到，她便会生气。后来，艾瑞丝又陷入米米可能遭遇危险的恐惧之中。在有一次米米差点走失之后，她多次夜不安寝，也总会做噩梦。最后，她终于逐步接受了米米记忆正在流逝的事实，帮她去寻找过往的记忆碎片，帮她用便条记录下注意事项，帮她找回那个早年失踪的堂妹科拉尔。

杜兰特对于儿童心理有着极为细腻的洞察力。故事的讲述者是艾瑞丝，父母在她读小学时又生下了一对双胞胎。年幼的弟弟妹妹总是吵闹，占据了父母的注意力。这对于即将步入青春期的艾瑞丝来说，也是一大压力之源。她喜欢弟弟妹妹，却也会因为父母对自己关注太少而感到失落。杜兰特对于多子女家庭中的情感关系也描写得非常真实到位。

故事最后，米米终于在艾瑞丝和梅森的帮助之下找回了失散多年的堂妹。她的记忆也许仍在逐渐变得模糊，但她幼年时缺失的亲人却能回到身边。故事结尾，两位白发苍苍的老人在海滩上拥抱，我想象着这个画面，只觉得欣慰又温暖。我想艾瑞丝也已经明白，虽然米米以后还是会偶尔露出毫无头绪的表情，如同要跳伞却找不到降落伞一样，但她那颗充满了爱的心，从未改变。

周悟拿

2024 年 5 月 30 日